Abdullah Al-Sayed

Geflüchtet

Zu Hause in Deutschland, daheim in Syrien

Zu diesem Buch wird eine Unterrichtserarbeitung erstellt. Informationen darüber erhalten Sie beim Arena Verlag, Würzburg, unter Telefon 0931/79644-0 oder www.arena-verlag.de/unterrichtsmaterial.

Aus Datenschutzgründen wurden die Namen und Orte im nachfolgenden Text von der Redaktion geändert.

Abdullah Al-Sayed
In Zusammenarbeit mit Kerstin Kropac

Geflüchtet

Zu Hause in Deutschland,
daheim in Syrien

Arena

1. Auflage 2018

Umschlaggestaltung: unimak, Hamburg, unter Verwendung eines Fotos von © mauritius images/Alamy RF
Bei der Person auf dem Cover handelt es sich nicht um den Autor des Buches.
Gesamtherstellung: Westermann Druck Zwickau GmbH
ISBN 978-3-401-60329-2

Besuche uns unter:
www.arena-verlag.de
www.twitter.com/arenaverlag
www.facebook.com/arenaverlagfans

So viele Menschen sind noch nie innerhalb eines Monats über das Mittelmeer geflohen: Allein im Oktober kamen etwa 218.000 Flüchtlinge auf der gefährlichen Seeroute nach Europa. Das melden die Vereinten Nationen. Das sei die höchste Zahl, die jemals in einem solchen Zeitraum registriert wurde, teilte das UNO-Flüchtlingswerk UNHCR in Genf mit.

Spiegel Online/AFP/dpa, 2. November 2015

Einer von ihnen war Abdullah.

Angekommen

Ich bin Abdullah. Flüchtling. Genauer gesagt bin ich ein UmF. Ein unbegleiteter minderjähriger Flüchtling. Ich sitze auf der Rückbank eines Autos – im Radio spricht ein Mann, dessen Sprache ich nicht verstehe, auf den blauen Schildern neben der Autobahn stehen in weißen Buchstaben Wörter, die ich noch nie zuvor gelesen habe, und vor mir sitzen ein Mann und eine Frau. Beiden bin ich vor etwa drei Stunden zum ersten Mal begegnet. Ich fühle mich fremd. Wie ein eigener kleiner Abdullah-Planet, der aus seiner normalen Umlaufbahn geschossen und in ein anderes Sonnensystem katapultiert wurde. Ich trage noch meine alten Gedanken und meine alten Erinnerungen mit mir und ein paar meiner alten Klamotten. Ansonsten ist alles neu. Alles fremd.

Ich merke selbst, wie verkrampft ich auf dem weichen Autopolster sitze – ungefähr so angespannt wie auf dem Schlauchboot im Mittelmeer. Dabei will ich das gar nicht.

Ich muss mich locker machen!

Ich muss vertrauen!

Ganz automatisch hole ich einmal tief Luft, lasse mich dabei bewusst tiefer in den Sitz sinken und schaue zu den beiden Menschen vor mir, die sich angeregt unterhalten. Sie sind so etwas wie meine Brücke in mein neues Leben. Der Mann auf dem Beifahrersitz ist Araber und mein Dolmetscher. Er hat mir erklärt, dass er meine Fahrt in das Kinderheim begleitet. Am Steuer sitzt eine Frau, die für die deutsche Regierung arbeitet. Sie ist offenbar für mich zuständig. Wobei ich noch nicht richtig verstanden habe, was genau das bedeutet. Ich glaube, sie hat das Heim für mich ausgesucht und mit den Betreuern dort gesprochen. Mein Herz klopft ein bisschen schneller, wenn ich an das Kinderheim denke. Wahrscheinlich wissen die dort schon, dass ich gleich komme, und warten gespannt. Der Dolmetscher hat gesagt, ich werde der einzige Flüchtling in dem Kinderheim sein. Ach, nein: UmF. Der einzige UmF …

Gerade setzt die Frau am Steuer den Blinker und

verringert gleichzeitig das Tempo. Offenbar fahren wir nun von der Autobahn ab. Bestimmt sind wir gleich da. Nervös knete ich meine Hände.

Die Frau vom Amt und der Dolmetscher lachen laut auf. Sie wirken fröhlich. Vor allem der Dolmetscher. Vielleicht freuen sie sich auf ihren nahenden Feierabend. Wenn sie mich abgeliefert haben, können sie vermutlich nach Hause fahren. Zurück zu ihren Familien.

Dieser Gedanke versetzt meinem Herzen einen kleinen Stich.

Ob sie das zu schätzen wissen? Gemeinsame Abendessen. Ein sicheres Zuhause, in dem Eltern und Kinder nicht permanent damit rechnen müssen, dass ihr Haus zerbombt wird?

Ich rücke meine Brille gerade.

Solange alles gut läuft, hält man all das für selbstverständlich. Dankbar ist man immer nur im Nachhinein. Wenn einem bewusst wird, was man hatte. Während ich diesem Gedanken traurig noch ein wenig nachhänge, fällt mir ein, wie ein paar Leute im Erstaufnahmelager erzählt haben, dass angeblich jeden Tag mindestens acht Flüchtlinge im Mittelmeer ertrinken. Jeden Tag! Acht Menschen! Die sich eigentlich nur eins gewünscht haben: ein sicheres Leben. Dafür sind sie aufgebrochen. Und gestorben. Aber in ihren Heimatländern war das Risiko umzukommen noch viel größer. Zumindest in Syrien. Zuletzt hieß es, dass der Bürgerkrieg jeden Monat zwischen 5.000 und 6.000 Menschen das Leben koste. Da sind wir dann bei knapp 170 Toten täglich. Das wären mehr als 15 Fußballmannschaften. Jeden Tag. Eine unvorstellbare Zahl, finde ich. 170 Väter, Kinder, Mütter, Onkel, Tanten. 170 Mal Wissen, Erfahrung, Humor, Träume, Hoffnung, Liebe. 170 Menschen.

Das kann man sich hier vermutlich gar nicht vorstellen. Ich schaue nach draußen. Hier lebt man in Sicherheit. In einem sauberen Land. Mit Freunden und Familie. Und der Gewissheit, dass es auf absehbare Zeit so bleiben wird.

Und ich bin nun auch hier. Ich habe es tatsächlich geschafft. Ich bin nun ebenfalls in Sicherheit. In einem Land, das so frei ist, wie Syrien nie war. Zumindest nicht seit ich dort vor ziemlich genau 17 Jahren geboren wurde.

Trotzdem fühlt sich diese Freiheit gerade merkwürdig leer an. Leer und kalt und abweisend. Ich hatte gehofft, dass sie mich umarmen würde, diese Freiheit. Aber noch fühle ich mich nicht umarmt. Wieder blicke ich nach draußen. Der Dolmetscher hat gesagt, dass die Fahrt vom Erstaufnahmelager in Gießen bis zu dem Kinderheim etwa drei Stunden dauern würde. Da wir schon eine Weile unterwegs sind, müssten wir nun also bald ankommen. Schade, dass ich beim Einsteigen nicht auf die Uhr geschaut habe. Dabei fällt mir auf: Eigentlich habe ich beim Einsteigen auf gar nichts geschaut. Ich könnte jetzt nicht einmal sagen, welche Farbe dieses Auto von außen hat. Oder was für ein Fabrikat es ist. Ich beuge mich auf meinem Sitz ein

Stück zur Seite, um einen Blick auf das Lenkrad werfen zu können, lasse es dann aber doch bleiben. Eigentlich ist es doch egal, in welchem Auto ich gerade sitze. Entscheidend ist, dass ich *darin* sitze. Und dass es mich jetzt in mein neues Zuhause bringt.

Zuhause. Meine Gedanken geraten erneut ins Stolpern. *Zuhause* ist irgendwie nicht das passende Wort. Dieses Auto bringt mich nicht nach Hause, sondern zu meinem neuen Platz zum Wohnen. Schlagartig wird mein Herz ganz schwer. Denn bei aller Dankbarkeit wird mir bewusst: Mein Zuhause liegt noch immer in Syrien. Sofort sehe ich in Gedanken unser schönes sandfarbenes Haus mit dem geschützten Innenhof. Wir haben am Rande von Rakka gewohnt, einer lebhaften Großstadt am Fluss Euphrat. Zusammen mit meinen Eltern, meiner kleinen Schwester Raghad und meinen vier Brüdern Walid, Ahmed, Ali und Omran. Beinahe jeden Tag habe ich auf der Straße mit meinen Freunden Fußball gespielt. Dort bin ich zur Schule gegangen und manchmal habe ich meinem Vater nachmittags in seiner kleinen Elektrowerkstatt helfen dürfen. Das waren für mich die allerschönsten Nachmittage. Ich mit Papa.

Und *das* war Zuhause. Zumindest sind das die Bilder, die bei diesem Wort automatisch in meinem Kopf und meinem Herzen auftauchen. Vielleicht doch mehr in meinem Herzen als in meinem Kopf. Denn: Der Kopf korrigiert mich sofort. Er sagt: Das war dein Zuhause *vor* dem Krieg. Und er erinnert mich daran, wie sehr sich unser Zuhause seitdem verändert hat. War es früher ein kuscheliges behütetes Nest, in dem immer viel gelacht wurde, war es zum Schluss eigentlich nur noch die Unterkunft weinender, unglücklicher Menschen gewesen – des sorgenvollen Restes meiner Familie. Schließlich sind wir alle nicht grundlos aufgebrochen. Nach Europa. Weg von dem Krieg, der uns erst meinen Vater und dann meinen Bruder Ali genommen hat. Dieser Gedanke durchzuckt jedes Mal wie ein Granatenschlag meinen ganzen Körper. Jede einzelne Zelle.

Ich spüre, wie meine rechte Hand nervös zuckt, und fange sie mit meiner linken ein. Ich kämpfe die schlechten Gedanken nieder. Das kann ich gut. Die schlechten Gedanken einfach wegdrücken. Sonst wäre ich wohl schon längst zusammengebrochen. Nun wird alles gut!, mache ich mir selbst Mut und lehne meinen Kopf gegen die weiche hellgraue Kopfstütze. Und einen kurzen Moment merke ich, wie anstrengend die vergangenen Monate – oder besser: Jahre – für mich gewesen sind. Zwar waren sie irgendwie Alltag. Trotzdem befand ich mich in Daueranspannung. Ständig auf der Flucht. Erst vor den Bomben. Dann vor den Soldaten. Erst vor den syrischen, dann vor den türkischen ...

Nachdem ich jahrelang behütet groß geworden bin und das Leben eines ganz normalen Jungen geführt habe, war ich plötzlich mit Bomben, Krieg, Tod und Flucht konfrontiert. In der Stresssituation merkt man gar nicht, wie groß die Belastung ist. Das merkt man offenbar erst, wenn sie allmählich abfällt. Und das tut sie gerade. Obwohl ich gleichzeitig unendlich aufgeregt bin. Deshalb rede ich mir wieder ein: Ich muss einfach vertrauen. In darf in diesem Auto sitzen und darauf vertrauen, dass das Leben mich an den richtigen Platz lenkt.

Oder zumindest an den besten Platz, den mir das Leben genau in diesem Moment bieten kann ...

Ich atme noch einmal tief ein und schließe die Augen. Genau in diesem Moment sagt der Mann auf dem Beifahrersitz: »Wir sind jetzt da, Abdullah.« Auf Arabisch. Sofort setze ich mich wieder stramm auf und lächele dem älteren Araber freundlich nickend zu. Weil ich weiß, dass er es erwartet, schaue ich artig nach draußen. Zu dem Ort. Im Harz. HARZ. Klingt fast wie Husten. Oder Verschlucken. HARZ. Mein Blick bleibt an grünen Hängen kleben, die uns umgeben. Der HARZ scheint nur aus Bergen und Talkesseln zu bestehen. Genauer gesagt aus grün-braun-roten Bergen und Talkesseln. Schließlich ist es in Deutschland gerade Herbst geworden. Wir haben Oktober. Den 27. Oktober 2015. Es ist grau draußen. Grau und kalt.

Viereinhalb Jahre bis zur Flucht

Im südsyrischen Daraa sollen Sicherheitskräfte am Mittwoch mehr als hundert Menschen getötet haben, Hunderte seien verletzt worden. Das berichten Nachrichtenagenturen und Menschenrechtsaktivisten unter Berufung auf Bewohner der Stadt [...] Augenzeugenberichten zufolge eröffneten staatliche Kräfte am Mittwoch das Feuer auf Hunderte Jugendliche, die mit einem Marsch gegen das harte Vorgehen der staatlichen Einheiten protestierten.

Faz.net, 24. März 2011

Wir waren verwirrt. Meine ganze Familie starrte auf den Fernsehbildschirm und konnte kaum glauben, was sie da sah. Da liefen Menschen durch die Straßen, syrische Menschen!, und schwenkten Plakate, auf denen Sätze standen wie: »Weg mit Assad!« Sie schrien: »Gerechtigkeit!« Und: »Wir wollen Freiheit!« Unwillkürlich presste meine Mutter die Hand auf den Mund und auch mein Vater schüttelte ungläubig den Kopf. Solche Bilder kannten wir bislang nur aus anderen arabischen Ländern. Aus Tunesien, Ägypten, Algerien. Neuerdings sogar aus Libyen. Dort waren in den vergangenen Monaten überall Menschen auf die Straßen gegangen, um gegen ihre Machthaber zu protestieren. Gegen Willkür und Korruption. Gegen Unterdrückung und Ausbeutung. In Tunesien und Ägypten waren sogar die Präsidenten zurückgetreten. In Algerien erklärte sich die Regierung gerade bereit, zumindest einige Forderungen ihrer Gegner zu erfüllen. Alle sprachen nur noch vom »Arabischen Frühling«. Vom großen Aufbruch. Von der Revolution.

Zumindest fast alle. Außer unserem Präsidenten Baschar al-Assad. Der studierte Augenarzt hatte kurz nach meiner Geburt das Amt von seinem Vater übernommen – wie das so üblich war bei Königen oder, wie bei uns, bei Diktatoren. Anfangs hatten die Syrer wohl noch gehofft, Baschar Assad würde ein besserer Präsident als sein Vater werden. Einer, der sein Volk weniger unterdrücken würde. Leider hatte sich diese Hoffnung sehr schnell zerschlagen. Der Augenarzt herrschte mit derselben Willkür wie sein Vorgänger. Als in unseren Nachbarländern nun der »Arabische Frühling« ausbrach, erklärte Assad im Interview mit einer amerikanischen Zeitung, dass Syrien für solche Aufstände nicht anfällig sei. Angeblich sei die Lage in Syrien stabil.

Tatsächlich ging er wohl eher davon aus, dass sich keiner trauen würde, aufzumucken – schließlich lebten alle Syrer in Panik vor seinen brutalen und gefährlichen Geheimdiensten. Zumindest war das bislang so gewesen. Und deshalb erschienen uns diese Bilder von den Demonstrationen auch so unwirklich. Fassungslos schaute ich auf den Bildschirm. Waren die Menschen, die dort vor laufenden Kameras ihre Plakate schwenkten, denn verrückt? Hatten sie etwa keine Angst vor Assads Geheimdiensten, den berüchtigten Muchabarat? Ich konnte mir das gar nicht vorstellen. Immerhin sorgten die schon seit Jahren dafür, dass jeder, der etwas gegen Assad sagte, ganz schnell auf Nimmerwiedersehen in einem der unzähligen Staatsgefängnisse verschwand, die überall im Land verteilt waren. Wobei jede Inhaftierung beinahe einem Todesurteil gleichkam – nur sehr wenige schafften es, diese Gefängnisse lebend wieder zu verlassen. Das hing ein bisschen davon ab, bei welchem von Assads Geheimdiensten der Gefangene gelandet war. In Syrien gab es nämlich gleich mehrere Organisationen, die für politische Ordnung sorgen sollten. 17? Oder sogar 27? Ich weiß gar nicht genau, wie viele. Auf jeden Fall mehr als genug. Besonders gefürchtet waren anscheinend der »militärische Geheimdienst« und der »Geheimdienst der Luftwaffe«. In Syrien schien beinahe jede Abteilung ihren eigenen Geheimdienst zu haben. Angeblich kam auf 150 syrische Bürger jeweils ein Spitzel.

Da ließ es sich natürlich nicht vermeiden, dass man solchen Leuten gelegentlich begegnete. Wenn man wusste, dass jemand für den Geheimdienst arbeitete, hielt man sich von ihm selbstverständlich möglichst fern und passte auf, dass man bloß nicht seine Aufmerksamkeit weckte. Da man aber natürlich nicht von jedem wusste, ob er für Assad arbeitete, waren die meisten Syrer eigentlich permanent vorsichtig. Assads Spitzel saßen in Restaurants, um die Gespräche der Gäste zu belauschen, sie mischten sich beim Bäcker in die lange Warteschlange und sperrten die Ohren auf. Spitzel waren einfach überall. »In Syrien haben die Wände Ohren«, war ein geflügeltes Wort bei uns – und auch meine Eltern sagten es immer wieder warnend zu mir und meinen Brüdern. Denn: »Wer etwas gegen Assad sagt, ist tot.«

Sie erzogen uns dazu, niemals auch nur ein einziges schlechtes Wort über unseren Präsidenten zu verlieren. Ruckzuck landete man in diesen besagten Geheimdienstgefängnissen. Aber nicht, dass da nun falsche Vorstellungen aufkommen – das waren keine ordentlichen Haftanstalten mit Wasser, Brot, kleinen Holzpritschen und anderen Annehmlichkeiten. Nein. Das waren Folterkammern. Winzige Zellen, in denen man nicht stehen konnte, weil sie zu flach waren. Und in denen man nicht sitzen konnte, weil dafür mit 20 Leuten auf sechs Quadratmetern der Platz fehlte. Zwischendurch wurden die Gefangenen zum Verhör abgeholt. Wobei das Verhör nur aus Folter und Quälerei bestand. Dort wurden dann absurde Geständnisse erpresst. Ich fand das lächerlich: Was war eine Aussage wert, wenn sie in Todesangst gemacht wurde?

Assads Gefängnisse waren berüchtigt – auch wenn nicht viele Insassen die Gelegenheit bekamen, über ihren Aufenthalt zu berichten, weil wohl die meisten diese Tortur nicht überlebten. Deshalb grenzte es auch beinahe an ein Wunder, als ein Freund meines ältesten

Bruders Walid eines Tages bei uns vor der Tür stand. Assads Leute hatten ihn vor ein paar Monaten ohne Grund mitgenommen – bei einer Straßenkontrolle. Alle waren sicher gewesen, ihn nie wiederzusehen. Und jetzt stand dieser Mann vor unserer Tür. Ich erkannte ihn zuerst nicht und starrte nur entsetzt auf die offensichtlichen Spuren seiner Misshandlungen. Ihm fehlten seine Zähne und Fingernägel. Überall erinnerten Narben an die auf dem Körper ausgedrückten Zigaretten oder brutalen Schläge. Er wankte im Stehen und ich wunderte mich, was dieser Mann wohl von uns wollte. Doch dann fragte er nach meinem Bruder. Und plötzlich erkannte ich ihn. An seiner Stimme. Das war Bassam!

Ich war schockiert.

Als er unser Wohnzimmer betrat, warfen sich meine Eltern besorgte Blicke zu. Es war heikel, einen Mann ins Haus zu bitten, der mit dem Regime in Konflikt geraten war. Ganz schnell stand man nämlich selbst unter dem Verdacht, gegen Assad zu sein. Und genau das wollten meine Eltern ja unbedingt verhindern. Trotzdem sprang Mama sofort höflich auf, um Bassam schwarzen Tee mit Zucker anzubieten. Oder besser gesagt: Zucker mit schwarzem Tee. Wir Araber schaufeln gerne so viel Zucker in unseren Tee, dass der Löffel beinahe im Glas stehen kann. Ich liebe das. Jeder Syrer liebt seinen Tee. Trotzdem nippte ich an diesem Tag nur abwesend an meinem Glas. Ich versuchte die ganze Zeit, meine Erinnerung an Bassam mit dem Mann hier vor uns in Einklang zu bringen. Es gelang mir nicht. Das war erschreckend.

Meine Mama dagegen ließ sich ihr Entsetzen nicht anmerken. Sie gab die perfekte Gastgeberin. Bis sich Bassam verabschiedet hatte. Dann wandte sie sich uns zu und sagte nachdrücklich: »Keiner äußert sich schlecht über unseren Präsidenten! Sonst landet ihr auch noch im Foltergefängnis!«

Ihre Angst war so groß, dass meine Eltern selbst bei uns zu Hause nur hinter vorgehaltener Hand negativ über Assad und seine Baath-Partei sprachen. Ich spitzte allerdings jedes Mal die Ohren – wie das so ist bei fast 13-jährigen Jungs und verbotenen Dingen. Die waren natürlich extrainteressant. So erfuhr ich, dass Assads Vater früher einmal eine ganze Stadt niedergemetzelt hatte, als sich dort Widerstand regte. Als er starb, wurde sein Sohn in einer mutmaßlich manipulierten Wahl mit 97 Prozent der Stimmen gewählt. Genau wie sein Vater beutete Assad sein Volk aus und lebte selbst mit seiner Frau und seinen drei Kindern im größten Reichtum. Während die einfachen Leute mehrere Jobs ausüben mussten, um sich zumindest einigermaßen über Wasser halten zu können, bestellte sich seine Frau Designermöbel aus Frankreich. Während sich viele Familien gleich mit mehreren Generationen winzige Wohnungen teilen mussten, lebte er in einem 31.000-Quadratmeter-Palast. Angeblich bekam der Präsident 80 Prozent aller Einkünfte und nur 20 Prozent gingen ans Volk. Es war ungerecht! Das empfand sogar ich so, obwohl es meiner Familie vergleichsweise gut ging. So wohnten wir zum Beispiel in einem riesigen Haus mit zwei kleinen Innenhöfen. Jeder hatte sein eigenes Zimmer. Und mein 14 Jahre älterer Bruder Walid bekam nach seiner Hochzeit sogar einen eigenen kleinen Bereich im Haus zugeteilt – für sich und seine Frau Samar. Mit drei Zimmern und einer Küche.

Dass wir so wohlhabend waren, lag daran, dass meine Eltern beide als Lehrer arbeiteten. Meine Mutter war sogar Schulleiterin. Zusätzlich unterhielt mein Vater einen kleinen Elektroladen im Stadtzentrum, in dem er alles reparierte, was mit Strom lief: Radios, Lampen, Computer, Toaster und – die brachten ihm die Leute am häufigsten – haufenweise Mobiltelefone. Schon sein Vater, also mein Opa, hatte eine solche Elektrowerkstatt betrieben. Und schon als Kind durfte mein Vater ihm dort helfen. Er bekam noch heute leuchtende Augen, wenn er uns davon erzählte. Deshalb waren wir alle auch überzeugt davon, dass er die Reparaturen nicht nur des Geldes wegen anbot. Zwar liebte mein Vater seinen Job als Lehrer, aber er war auch Rakkas ungekrönter Superstar der Elektroreparatur. Papa war unglaublich geschickt. Er musste nur einen einzigen Blick auf das innere Kabel-Knöpfe-Drähte-Durcheinander werfen und er wusste sofort, was kaputt war. Schon dafür bewunderten meine Brüder und ich ihn – unseren schlauen, immer ruhigen, immer bedächtig handelnden Vater. Er war das stolze, starke, kluge Oberhaupt unserer Familie und jeder machte gern, was er sagte.

Eindringlich sah er uns an, während auf unserem Fernsehbildschirm im Wohnzimmer die protestierenden Menschen skandierten. Meine Brüder und ich saßen kopfschüttelnd davor, als Papa noch einmal wiederholte: »Haltet euch bloß von diesen Demonstrationen fern!« Meine Brüder und ich nickten artig. Wobei wir ohnehin davon ausgingen, dass die Demonstrationen bald wieder aufhören würden. »Das wird schon wieder«, betonte auch meine Mutter bei jeder Gelegenheit. Wir konnten uns überhaupt nicht vorstellen, dass der Protest sich bis zu uns in den Norden durchfressen könnte. Bislang lief in Rakka nämlich alles weitgehend normal. Die Demonstrationen, die ständig neue Tote forderten, fanden am anderen Ende von Syrien statt. Im Süden, in der Stadt Daraa, über 500 Kilometer von uns entfernt, kurz vor der israelischen Grenze.

Ausgelöst hatten die Proteste übrigens angeblich ein paar Jungs – nur wenig älter als ich selbst. Aus Übermut und Langeweile und motiviert durch das, was gerade in den anderen arabischen Ländern geschah, hatten sie »Nieder mit dem Präsidenten« an ihre Schulmauer gesprüht. Und: »Du bist dran, Doc«, weil der Augenarzt Assad von den Syrern manchmal so genannt wurde. Der zuständige Hausmeister der Schule informierte natürlich gleich am nächsten Morgen ordnungsgemäß die Polizei, sobald er die Sprühereien entdeckt hatte. Schließlich war Kritik am Präsidenten streng verboten und musste unmittelbar angezeigt werden. Die Polizisten schienen nur auf den Anruf gewartet zu haben. Sie kamen sofort angerast und befragten sämtliche Schüler, wer etwas gesehen hatte. Wie diese Verhöre vermutlich abgelaufen sind, kann sich wohl jeder vorstellen ... Auf jeden Fall bekam offenbar einer der Sprayer Panik und verriet seine Kumpels. Daraufhin wurden alle beteiligten Teenager verhaftet und in einen von Assads Folterkellern gesperrt.

Immerhin gab es für diese Aktion genug Zeugen, sodass die Familien der Kinder bald erfuhren, was geschehen war. Man muss fast sagen: Das war ein Glück! Oft bekamen nämlich nicht einmal die engsten Angehörigen mit, wenn ihre Väter, Söhne, Ehemänner verhaftet wurden. Die blieben dann einfach verschwunden.

Die Familien der inhaftierten Jugendlichen gerieten sofort in Panik: Foltergefängnis bedeutete Tod. Deshalb stürmten die Väter der Jungs aufgebracht in das Büro des Chefs der Sicherheitskräfte in Daraa und forderten die Freilassung ihrer Kinder. Aber der Sicherheitschef, wohl ein entfernter Verwandter Assads, schickte die besorgten Väter ungerührt wieder nach Hause. »Vergesst eure Kinder. Macht euch neue!«, soll er gesagt haben. Damit ging alles los. Die Väter zogen daraufhin durch die Straßen und brüllten: »Gebt uns unsere Kinder zurück!« Erstaunlicherweise schlossen sich ihnen immer mehr Menschen an. Immer größer wurde der Strom. Bis Assads Soldaten und Polizisten kamen und auf die Demonstranten schossen. Das muss man sich mal vorstellen: auf ihre eigenen Landsleute! Wir alle waren grenzenlos entsetzt – es waren die ersten Toten eines beginnenden Bürgerkriegs.

Zu der Beerdigung dieser Toten kamen noch mehr Menschen, um ebenfalls zu protestieren. Wobei Beerdigungen in Syrien ohnehin keine leisen Veranstaltungen auf stillen Friedhöfen sind. Es sind eher Trauermärsche, an denen unzählige Menschen teilnehmen. Auch hier kam es wieder zu Zusammenstößen zwischen Assads Leuten und den Demonstranten. Zeitgleich gingen auch in anderen Städten die Menschen auf die Straßen. Als hätten sie alle nur auf einen Startschuss gewartet. Ich konnte es kaum fassen. Nach allem, was ich wusste, riskierten sie ihr Leben. Dementsprechend wiederholte auch Papa jedes Mal, wenn wir diese Bilder im Fernsehen sahen: »Geht da nicht hin! Haltet euch fern ...« Er hatte eine Riesenangst um uns und wollte uns unbedingt beschützen. Er konnte ja nicht ahnen, dass es in diesem Land bald keinen Schutz mehr geben würde.

Nirgendwo.

Die Unruhen tobten wie eine Sturmflut durch Syrien. Bald gingen überall Menschen auf die Straßen, um gegen Assad zu protestieren. Sie zündeten öffentliche Gebäude an oder bewarfen sie mit Steinen, die Demonstranten forderten Assads Rücktritt und rissen seine haushohen Bilder von den Wänden, die in sämtlichen syrischen Städten mindestens so allgegenwärtig waren wie Straßenhändler oder Springbrunnen. Viele Demonstranten wurden von den staatlichen Sicherheitskräften erschossen. Heckenschützen lagen auf den Dächern der umliegenden Häuser und feuerten wahllos in die Menge. Aber das schreckte die wütende Masse nicht mehr ab – es brachte nur noch mehr Menschen auf die Straßen. Die Syrer hatten ihre Unterdrückung satt. Die Revolution war nicht mehr zu stoppen.

Um sein Volk zu beruhigen, ließ Assad nach etwa einem Monat überraschend die Jungs frei, die mit ihren Schulwandgraffitis diesen ganzen Wahnsinn ausgelöst hatten. Er hoffte wohl, damit die erhitzten Gemüter wieder beruhigen zu können. Doch die Leute gingen weiter auf die Straße. Schließlich versprach Assad seinem Volk sogar, dass er andere Parteien zur Wahl zulassen würde. Aber auch das interessierte keinen mehr. Alle wollten nur noch, dass der Löwe, wie Assad übersetzt heißt, endlich abtrat.

Doch leider war er dazu nicht bereit.

Stattdessen erinnerte er sich offenbar daran, mit welcher Brutalität sein Vater einst einen Aufstand niedergeschlagen hatte, und fuhr nun noch schärfere Geschütze gegen seine Bevölkerung auf. In manchen Städten sollen Panzer eingesetzt, später sogar Fassbomben aus Flugzeugen abgeworfen worden sein. Trotzdem gingen die Proteste weiter.

Allmählich versammelten sich auch bei uns in Rakka die ersten Demonstranten. Meine Freunde und ich wollten uns natürlich sofort auf unsere Räder schwingen und in die Innenstadt radeln, um uns das Spektakel anzuschauen. Aber meine Eltern verboten es. »Halte dich fern!«, wiederholten sie bei jeder sich bietenden Gelegenheit. Ich war hin- und hergerissen. Einerseits wollte ich meinen Eltern gehorchen, andererseits lockte mich das Abenteuer. Manche Kinder erzählten in der Schule, dass sie sich die Proteste angeschaut hätten. Und alle fanden es cool. Alle spürten die unglaubliche Kraft, die von diesen Regimegegnern ausging. Es war ganz klar: Die syrische Bevölkerung würde kämpfen, bis Assad endlich zurückgetreten war!

Inzwischen sah sogar meine Mutter ein, dass sie mit ihrem »Die Situation wird sich bestimmt wieder beruhigen!« total falsch gelegen hatte. Stattdessen war genau das Gegenteil der Fall: Es wurde von Tag zu Tag schlimmer! Verrückterweise gewöhnten wir uns aber irgendwie daran. Kämpften sich früher hupende Taxen durch die vollen Straßen der Innenstadt, waren es jetzt wütende Syrer, die skandierend ihre Plakate und Spruchbanner schwenkten. Irgendwann versuchten auch meine Eltern nicht mehr, uns aus der Innenstadt fernzuhalten. Das ging gar nicht. Zwar wohnten wir am Rand von Rakka und auch meine Schule lag nur ein paar Straßen von unserem Haus entfernt – also in sicherem Abstand zu den Unruhen im Zentrum. Aber schon wenn ich Papa in seiner kleinen Werkstatt besuchen wollte, ließ es sich gar nicht vermeiden, den Weg der Demonstranten zu kreuzen. Die Demonstranten hielten sich schließlich nicht nur in zwei Straßen der Innenstadt auf. Sie bewegten sich ...

Was unsere Eltern allerdings weiterhin streng verboten, war, uns an den Demonstrationen zu beteiligen. Das tat ich auch nicht – und meine Brüder hielten sich wohl ebenso an das Verbot. Manchmal stellte ich mich lediglich an den Rand des Menschenstroms, um mir das energiegeladene Treiben anzuschauen. Ich fand es faszinierend. So viel Wut! So viel Mut! »Wir werden gewinnen!«, verkündete ich dementsprechend großspurig später beim gemeinsamen Abendessen zu Hause und steckte mir eine saftige Olive in den Mund. Wir saßen bei Kerzenlicht auf dem Fußboden und aßen arabisches Brot, Oliven, Hummus, also Kichererbsendip, und Tabouleh, diesen köstlichen Petersiliensalat, den keiner so gut machte wie meine Mutter. Sie hatte großzügig aufgetischt. Wobei das mit dem Auftischen nicht so richtig passt. Wir nahmen unsere Mahlzeiten nämlich immer am Boden ein – auf unserem großen arabischen Teppich, auf dem eine dünne Decke lag. Gerade schnitt ich mir ein Stück Käse ab und schob es mir in den Mund, als meine Mutter scharf in meine Richtung fragte. »Abdullah, wer ist denn *wir?*« Ich hätte mich beinahe verschluckt. Obwohl ich genau wusste, dass auch meine Mutter gegen unseren Präsidenten war, wollte sie, dass wir uns da raushielten. Klar. Schließlich wussten wir ja nicht, wie es weitergehen würde. Womöglich schlug Assad demnächst doch noch den Aufstand nieder und ruckzuck stünden Mama und Papa ohne Job da. Regimekritische Lehrer? Das ging natürlich gar nicht!

Also steckte ich schnell noch ein Stück vom leckeren Käse in den Mund und sagte lieber gar nichts mehr.

Ich wich sogar Mamas vorwurfsvollem Blick aus. Den konnte ich nämlich trotz des gedämpften Lichts gut erkennen. Mein Bruder Ali lenkte das Gespräch schnell auf ein anderes Thema: »Warum haben wir neuerdings eigentlich ständig Stromausfall?« Papa zuckte mit den Achseln. »Keine Ahnung.« Dabei war ganz klar, dass auch das irgendwie mit den Unruhen zusammenhing und nur keiner darüber sprechen wollte. Zwar gab es schon früher häufiger Stromausfälle. Aber längst nicht so regelmäßig wie jetzt. Betreten schwiegen wir. Irgendwie ahnte wohl jeder, dass höchst unruhige Zeiten auf uns zukommen würden. Und das machte uns Angst.

Zu Recht. Denn schon kurz darauf verschärfte sich die Situation in Syrien noch einmal massiv. Nun konnten nicht einmal die größten Optimisten noch von heftigen Unruhen sprechen. Nein. In Syrien war Krieg ausgebrochen.

Wir erfuhren aus den Nachrichten davon. Soldaten hatten sich geweigert, auf die wehrlosen Demonstranten zu schießen, und hatten die Seiten gewechselt – auch wenn das zunächst öffentlich dementiert wurde. Zum ersten Mal standen Assads bewaffnete Sicherheitsleute nun Demonstranten gegenüber, die ebenfalls scharf schießen konnten. Im Sommer 2011 kündigte sich weitere Verstärkung an: Eine Gruppe ehemaliger Soldaten von Assads Armee rief andere Soldaten im Internet dazu auf, zu ihnen überzulaufen, um künftig gemeinsam gegen ihren obersten *Chef* zu kämpfen. Sie nannten sich »Freie Syrische Armee« und sie versprachen, ab sofort die Zivilbevölkerung zu beschützen und zu helfen, Assad zu stürzen. Ob diese Leute einfach keine Lust mehr hatten, gegen ihre Landsleute zu kämpfen, oder ob die Anführer die Gelegenheit nutzen wollten, selbst an die Macht zu kommen, weiß ich nicht. Vermutlich hatte mal wieder jeder seine eigenen Beweggründe – wie das in Gruppen so üblich ist. Aber diese Gruppe war riesig! Man schätzte, dass die Freie Syrische Armee aus etwa 10.000 Kämpfern bestand. Und jeden Tag wurden es mehr. Denn natürlich schlossen sich auch viele Zivilisten dieser Truppe an. Immerhin verfolgten sie ein gemeinsames Ziel!

Allerdings mussten sich auch diese Freiheitskämpfer zunächst quer durch Syrien schlagen, bis sie bei uns auftauchten. Während wir also aus dem Fernsehen wussten, dass der Bürgerkrieg zunehmend blutiger wurde und die ersten Syrer aus den besonders umkämpften Städten flohen, um sich in Sicherheit zu bringen, ging ich noch ganz normal in die Schule und traf mich nachmittags mit meinen Freunden.

Wir waren eine richtig große Jungsclique aus Nachbarkindern und Schulkameraden. Wann immer ich aus dem Haus ging, traf ich garantiert jemanden, mit dem ich etwas unternehmen oder spielen konnte. Meistens Fußball. Allerdings nicht im Verein, sondern einfach auf der Straße oder auf dem Schulhof. Es war bei uns nicht so üblich, im Verein zu spielen. Zumindest nicht für Kinder. Für Erwachsene gab es schon ein paar Clubs. Es gab sogar richtige Fußballstadien, die an den Spieltagen sonntags komplett überfüllt waren. Trotzdem gab es keine echten Fußballstars in Syrien – so wie in Deutschland oder Spanien. Das lag vermutlich daran, dass ein Profifußballer in Syrien nicht viel mehr verdiente als ein Bäcker oder Verkäufer. Wer gut spielte, wechselte deshalb zu Vereinen im Ausland, die besser zahlten. Nach Kuwait zum Beispiel. Oder Saudi-Arabien. Deshalb schwärmten meine Freunde und ich auch nicht für irgendwelche syrischen Spieler oder Clubs, sondern eher für Manchester United. Oder Real Madrid. Mein Freund Omar war Bayern-München-Fan und irre stolz, als er irgendwann mit einem Trikot von seiner Lieblingsmannschaft bei uns aufkreuzte.

»Cool!«, rief ich ihm schon von Weitem zu. Das knallige Rot leuchtete uns schon aus 100 Metern Entfernung entgegen. Sofort umringten wir ihn. »Wo hast du das her?« Dabei befühlten wir mit einer gewissen Ehrfurcht den leicht glänzenden Stoff. Omar strahlte. »Das hat mir mein Vater mitgebracht.« Wir nickten anerkennend. Ich fand die Bayern zwar nicht so toll, aber so ein Trikot hätte ich trotzdem gerne gehabt. Diese Trikots waren bei uns nämlich super angesagt – und leider nicht so leicht zu bekommen. Und seit der Bürgerkrieg ausgebrochen war, war es noch schwieriger geworden. Mein ganzer Stolz war ein Shirt vom FC Barcelona. Das hatte meine Mutter auf dem berühmten Basar in Aleppo entdeckt, als sie ihre Schwester dort besucht hatte. Und da sie wusste, dass ich Lionel-Messi-Fan war, hatte sie es mir mitgebracht. Ich fühlte mich großartig, wenn ich es trug. Insgeheim träumte ich sogar selbst ein bisschen davon, einmal Profifußballer zu werden. Denn ich war gut. Einer der Besten in unserem Viertel. Allerdings konnte ich mir ebenso gut vorstellen, Pilot zu werden. Ich war jedes Mal fasziniert, wenn die Militärflieger über uns hinwegdonnerten – zumindest solange sie noch keine Bomben auf uns fallen ließen. Aber davon waren wir zu diesem Zeitpunkt glücklicherweise noch ein paar Monate entfernt.

Wenn wir Jungs nicht Fußball spielten, waren wir mit unseren Rädern unterwegs. Wir probierten sämtliche Tricks aus. Mein Freund Sami rief: »Schaut mal! Cool! Ich kann bestimmt zehn Meter auf dem Hinterrad fahren.« Das wollten wir anderen dann natürlich gleich übertreffen. Auch Sprünge waren beliebt. Manchmal nur vom Bordstein runter. Dabei ging es darum, entweder möglichst hoch oder möglichst weit zu springen. Am besten sogar beides. Leider hatten wir keine richtigen BMX-Räder, die extra für einen etwas robusteren Umgang gebaut worden waren. Wir hatten nur ganz normale Drahtesel, die uns deshalb regelmäßig auseinanderbrachen. Meist standen wir bereits kurz nach dem Unfall mit hängendem Kopf und einem Pedal oder Sitz oder dem Lenkrad in der Hand bei meinem Vater in der Werkstatt, der jedes Mal seinen Kopf schüttelte, dann aber doch mit einem erlösenden »Gib schon her!« seine Hand ausstreckte und anschließend mit viel Mühe unsere Räder zusammenflickte. Er war ein Genie! Er schaffte alles!

Bis wir irgendwann beim Herumfahren mit unseren Rädern an einem Parkplatz vorbeikamen, der an einer Seite von einer langen Betonwand begrenzt wurde. Sie war etwa einen halben Meter breit und einen halben Meter hoch. Die war mir bislang noch gar nicht aufgefallen! Ich bremste abrupt ab. Omar, der neben mir zum Stehen kam, sah mich auffordernd von der Seite an. Er wusste sofort, worüber ich gerade nachdachte. »Das schaffst du eh nicht«, versuchte er, mich anzustacheln. Ich grinste. »Doch!« Und damit hüpfte ich auf meinem Rad in Richtung Parkplatz. Hüpfen auf dem Hinterrad war ebenfalls schwer angesagt bei uns ...

Omar, Sami und die drei Mohammeds – bei uns hießen ziemlich viele Jungs Mohammed oder aber wie ich Abdullah – kamen mir sofort hinterher. Es war ganz klar, dass ich diesen waghalsigen Sprung zuerst versuchen würde. Mit leichtem Herzklopfen hob ich mein Rad auf die Rampe. Meine Freunde sahen mich an. Omar grinste breit. Er wartete wohl immer noch darauf, dass ich kneifen würde. Würde ich aber nicht! Stattdessen stieg ich lächelnd auf mein Rad und strampelte los. Kurz vor dem Absprung schossen mir Zweifel durch den Kopf: War das wirklich so eine gute Idee? Von hier oben sah der Betonklotz viel höher aus. Aber Kneifen ging nicht. Wie hätte ich dann dagestanden? Also riss ich am Ende der Rampe mein Lenkrad in die Höhe. Flog. Flog richtig hoch. Und sogar ziemlich weit. Setzte mit dem Hinterreifen zuerst auf. Verlor den Halt und stürzte schließlich kopfüber von meinem Rad. Übrigens mit dem Lenker in der Hand. Der hatte meinen Supersprung nämlich leider nicht überstanden. Noch während ich am Boden lag und vorsichtig meinen Körper checkte – Kopf? Nur ein paar Kratzer. Arme? Ließen sich bewegen. Beine? Fürchterliche Schmerzen, aber offenbar keine schlimmeren Verletzungen –, tauchte Omars lachendes Gesicht über mir auf. »Cool!«, war das Erste, was er sagte. Dann hielt er mir seine Hand hin, um mich auf die Füße zu ziehen. Dabei mussten wir beide so richtig lachen. Natürlich sprachen wir meinen spektakulären Sprung noch tausendfach durch. Wie ich durch die Luft flog. Und wie sich plötzlich der Lenker löste ...

Die anderen haben den Sprung übrigens nicht mehr gemacht. Stattdessen fuhren sie irgendwann auf ihren Rädern zurück nach Hause. Und ich machte mich zu Fuß und mit hängenden Ohren mal wieder auf den Weg zu Papa in die Werkstatt.

Der sah nur kurz auf, als ich seinen Laden betrat. Er hockte zwischen unzähligen Schrauben, Knöpfen, Lötkolben, Dioden, Kondensatoren, Drähten und Brücken vor einem aufgeschraubten Radio. Im Chaos, hätten die meisten Leute wohl gesagt. Dabei hatte mein Vater hier durchaus eine Ordnung – seine eigene. Damit überraschte er selbst mich immer wieder. Als ich ein kleines schwarzes Kabelstück von einem Haufen nehmen wollte, der wie Abfall aussah, knurrte er mich an: »Liegen lassen! Du bringst mir sonst alles durcheinander.« Ich musste grinsen. »Hier ist doch schon alles durcheinander.« Woraufhin Papa nur den Kopf schüttelte und sich wieder in seine Arbeit vertiefte.

Seine sehr spezielle Ordnung war bestimmt auch der Grund, warum er es nicht besonders gerne mochte, wenn wir Jungs ihm bei der Arbeit halfen – das erlaubte er tatsächlich nur ganz, ganz selten. Aber wenn er es mal zuließ, dann waren das immer ganz besondere Momente, vor allem für mich. Von uns fünf Jungs liebte ich es wohl am meisten, an Papas Seite zu tüfteln und zu schrauben. Meine Brüder hatten andere Interessen. Vielleicht lag das auch am Altersunterschied. Immerhin war ich gerade erst 13 geworden. Mein ältester Bruder Walid war 14 Jahre älter als ich. Ahmed zählte zwölf, Ali acht und Omran fünf Jahre mehr als ich. Ich war also lange Zeit das Nesthäkchen in der Familie gewesen und durfte mich in dieser Zeit über Papas ganz besondere Aufmerksamkeit und Liebe freuen. Mein Sonderstatus endete allerdings vor ungefähr drei Jahren ziemlich abrupt, als meine Schwester Raghad geboren wurde. Papas erstes Mädchen! Das war – zugegeben – ein bisschen schwierig für mich. Zumal ich mit meiner kleinen Schwester ohnehin nicht besonders viel anfangen konnte. Als sie ein Baby war sowieso nicht. Und später eigentlich auch nicht: Ich war ein lebhafter, abenteuerlustiger Kerl; sie eine ruhige, brave Prinzessin, die sich am liebsten in der Nähe ihrer Puppen und meiner Eltern aufhielt. Seit Raghad auf der Welt war, genoss ich es also besonders, wenn ich meinen Vater einmal für mich hatte – schon deshalb besuchte ich bei jeder Gelegenheit seine Werkstatt. Außerdem war ich jedes Mal fasziniert, mit welcher Geschicklichkeit er kaputte Dinge wieder zusammensetzte. Dafür war er in unserer ganzen Stadt bekannt. Sogar meine Lehrer drückten mir manchmal nach Unterrichtsende ihre defekten Handys in die Hand mit der Bitte: »Vielleicht könnte dein Vater sich das mal anschauen.« Wenn ein repariertes Radio plötzlich wieder Töne von sich gab, ging jedes Mal ein Strahlen über Papas Gesicht. Ich bewunderte meinen Vater. Er war die wichtigste Person in meinem Leben. Und was mich wirklich beeindruckte: Er hatte jeden aus der Familie im Blick und erkannte sofort, wenn es einem von uns mal nicht gut ging. Auch wenn es unter uns Brüdern Streit gab – und den gab es bei fünf Jungs natürlich immer wieder –, dann hörte sich mein Vater erst einmal an, was jeder zu sagen hatte. Und dann fand er eine Lösung, mit der wir alle zufrieden waren. Er war immer gerecht und korrekt. Manchmal sogar *zu* korrekt. Für meinen Geschmack.

Mir fällt eine Situation aus der dritten Klasse ein. Damals hatte ich meinen Vater gerade als Lehrer. Er unterrichtete Bio, Mathe und arabische Grammatik an unserer Schule. Das war natürlich eine ziemlich absurde Situation, den Mann, mit dem man gerade noch beim Frühstück zusammengesessen hatte, plötzlich mit »Herr Lehrer« anzusprechen – zumal jeder aus der Klasse wusste, dass er mein Vater war. Noch absurder wurde es allerdings, als ich einmal meine Hausaufgaben vergessen hatte. Hausaufgaben, bei denen er mir übrigens am Vorabend noch geholfen hatte. Nun stand er vor meinem Tisch und fragte: »Wo sind deine Hausaufgaben?« »Die habe ich zu Hause vergessen«, murmelte ich leise.

In Syrien war es leider üblich, dass schulische Fehltritte jeder Art – also auch das Vergessen von Hausaufgaben – mit Schlägen auf die Hände bestraft wurden. Schläge auf die Innenhand für leichtere Vergehen. Schläge auf die Außenhand bei größeren Schandtaten – wie respektlosem Verhalten dem Lehrer gegenüber. Wenn jemand nun beispielsweise nicht nur einmal, sondern gleich eine Woche lang seine Hausaufgaben vergessen hatte, gab es sogar Schläge auf die Füße. Wobei ich sagen muss, dass mir das glücklicherweise während meiner gesamten Schulzeit erspart geblieben ist. Diese Strafe musste ich allenfalls mal bei anderen miterleben. Wenn sie sich dafür auf einen Stuhl setzen und die Strümpfe ausziehen mussten … Es tat ganz offensichtlich höllisch weh! Meist schlugen die Lehrer mit kleinen Holzleisten, die ungefähr wie diese typischen 30-Zentimeter-Lineale aussahen. Nur dicker. Mein Vater hatte ein breites Plastikstück. Als ich ihm nun meine Hausaufgaben nicht vorlegen konnte, drehte er sich um, um es zu holen. Entsetzt riss ich die Augen auf. »Aber ich habe sie doch gemacht!«, rief ich ihm hinterher. Papa blieb ungerührt. »Und wo sind sie dann?«, entgegnete er bloß. Nun wurde ich fast wütend. »Du hast mir doch gestern selbst dabei geholfen!« In der Aufregung vergaß ich sogar das »Sie«

und »Herr Lehrer«. Inzwischen hatte Papa meinen Platz wieder erreicht – mit seinem Plastikschlagstock in der Hand – und er verlangte: »Ausstrecken!« Ich zögerte kurz. Das fand ich jetzt wirklich gemein! Schließlich wusste mein Vater ganz genau, dass ich meine Hausaufgaben ordentlich und vollständig erledigt hatte. Trotzdem sah er mich auffordernd an. Und ich streckte ihm langsam meine Hand entgegen. Ich verstand schon: gleiches Recht für alle. Wer seine Hausaufgaben im Unterricht nicht vorzeigen konnte, wurde bestraft. Da war Papa unerbittlich. Diese Geschichte hielt ich ihm noch Jahre später manchmal vor. Zumal selbst manche seiner Kollegen mich gelegentlich verschonten – eben weil ich sein Sohn war. Papa nicht. Der zuckte nur mit den Schultern. Er wollte einfach gerecht sein. Auf keinen Fall wollte er sich nachsagen lassen, er würde seine eingenen Kinder bevorzugen. Dabei trafen ihn die Schläge damals garantiert ebenso schlimm wie mich. Schließlich wollte er immer, dass es uns gut ging.

Deshalb legte er in seiner Werkstatt nun auch seinen Schraubendreher beiseite und schaute auf mein Rad: Ein Teil klemmte zwischen meinen Beinen, den Lenker hielt ich in der Hand. »Oh, oh!«, seufzte er bloß. Dann schmunzelte er mich kopfschüttelnd an. »Wie hast du das denn wieder hingekriegt?« Ich verzog schuldbewusst den Mund. »Weißt du, da war diese Rampe ...« »Zeig mal her!«, unterbrach er mich. Ich reichte ihm den Lenker. Papa legte die Stirn in Falten, während er ihn untersuchte. Das war kein gutes Zeichen. Dann zog er auch noch seine Nase kraus. Nicht gut! Und schließlich schnaufte er und reichte mir das Lenkrad zurück. »Ich glaube, Abdullah, das wird nichts mehr.« Entsetzt starrte ich meinen Vater an. Meine Lippen bebten. »Aber mein Rad …« Mehr konnte ich gar nicht sagen. Ich brauchte doch ein Fahrrad! Papa klopfte mir auf die Schulter und setzte sich wieder an seinen Platz. Ich blieb wie erstarrt stehen, den Lenker fest umklammert. Papa sah kurz zu mir auf und schlug fast beiläufig vor: »Geh doch mal zum Fahrradladen und suche dir ein neues Rad aus.« Ich strahlte ihn an. »Echt jetzt?« Papa nickte. Ich konnte mein Glück kaum fassen.

In unserem Fahrradgeschäft suchte ich mir das coolste Rad von allen aus. Ein Albik-Rad. Gesprochen: Albeg. Unverwüstlich. Tiefschwarz. Matt lackiert. Sensationell! Aber leider auch das teuerste. Zumindest sah ich keines, das mehr kostete. Aufgeregt flitzte ich zurück zu meinem Vater, damit er mitkam und es sich ansah. Und er? Ging gleich zur Kasse und bezahlte.

Ich fühlte mich wie ein kleiner König, als ich mit meinem neuen Superrad nach Hause fuhr. Schade, dass ich niemanden traf, dem ich mein tolles Rad hätte zeigen können. Erst zu Hause begegnete ich meinem Bruder Omran. Er rief: »Wow! Ist das für uns?«, und griff gleich nach meinem Lenker. Ich schüttelte energisch den Kopf und erklärte stolz: »Nein, das ist für *mich.«* Dabei betonte ich das *mich* so, als könnte ich alleine mit diesem Wort meinem vorwitzigen Bruder auf die Finger klopfen. Omran lächelte mich an: »Nicht schlecht!« Mit erhobenem Haupt schob ich mein Rad an ihm vorbei. Am liebsten hätte ich es ja in mein Zimmer neben mein Bett gestellt, damit ich es beim Aufwachen gleich sah. Aber das ging natürlich nicht, schließlich achteten wir immer sehr penibel darauf, dass unser Fußboden sauber blieb. Also stellte ich mein Rad direkt vor mein Fenster. Mein Zimmer lag nämlich im Erdgeschoss, unmittelbar hinter dem Eingang. Trotzdem stand es dort sicher.

Unser ganzes Haus war nämlich von einer hohen Mauer umschlossen, sodass man es von der Straße aus gar nicht sehen konnte – da blickte man nur auf einen hohen sandfarbenen Klotz. Trat man ein, fühlte man sich beinahe wie in einer Festung. Es gab zwei kleine Innenhöfe. Von den beinahe verwinkelten Gängen zweigten überall größere und kleinere Zimmer ab. Unser Haus war wirklich riesengroß. Ich glaube, es hatte 450 Quadratmeter – was ungefähr der Größe eines Fußballfeldes entspricht –, allerdings verteilt auf zwei Etagen. Für mich war es das schönste Haus der Welt. Und in diesem schönsten Haus der Welt stand jetzt auch noch das schönste Fahrrad der Welt. Ich warf einen fast liebevollen Blick auf Papas tolles Geschenk, während ich aus meinen Schuhen schlüpfte.

Es standen nur wenige Paare vor der Tür, was bedeutete, dass nicht nur Papa, sondern auch Walid, seine Frau Samar, Ahmed und Ali noch nicht zu Hause waren. Vermutlich waren meine älteren Brüder noch in der Uni. Sie kamen oft später nach Hause. Ali blieb sogar häufig über Nacht weg, weil er bei Freunden schlief. Ich stellte meine Schuhe ordentlich an die Seite und ging ins Haus. Ich fand es immer ganz praktisch, dass man schon vor dem Betreten des Hauses genau wusste, wen man antreffen würde, da wir unsere Schuhe stets am Eingang auszogen. Schuhe waren schmutzig. Womöglich war man mit ihnen durch eine Alkohollache gelaufen oder es klebten Hundehaare oder Schlimmeres an den Sohlen. Schuhe galten generell als unrein. Und da wir am Boden beteten und ihn mit der Stirn berührten, musste der Boden sauber sein.

Meine Familie war strenggläubig. Wir beteten fünf Mal am Tag – das erste Mal kurz vor Sonnenaufgang, das letzte Mal kurz nach Sonnenuntergang. Meistens zu Hause. Regelmäßig aber auch in der Moschee. Für mich war es selbstverständlich, dorthin zu gehen. Auch ohne meine Familie. Mit meinen Freunden. Es war normal.

Wir gehören der Glaubensrichtung der Sunniten an. Meine Familie und ich waren also eher traditionell geprägte Moslems. Innerhalb der islamischen Glaubensgemeinschaft machen wir Sunniten den größten Anteil aus. Wobei mir das vollkommen egal war. Schiiten, Sunniten, Alawiten. Wir waren Moslems. Fertig. Manche Frauen trugen Kopftücher, andere nicht. Meine Mutter trug zum Beispiel eins. Aber sie fand es auch völlig okay, wenn eine Frau sich gegen einen Hidschab entschied. Wie die meisten Syrer waren meine Eltern ziemlich tolerant, was Religionen anging. Schließlich lebten auch viele Christen in unserem Land. In sämtlichen Großstädten wie Rakka, Damaskus oder Aleppo standen neben den Moscheen auch christliche Kirchen. Ganz selbstverständlich. Deshalb hatten wir das Glück, neben den muslimischen auch an den christlichen Feiertagen freizuhaben. Beispielsweise an Ostern oder Weihnachten. Wobei wir diese Feste nicht feierten. Auch die Geschäfte waren nicht festlich geschmückt und ich sah höchstens mal im Fernsehen diesen fragwürdigen Mann im roten Mantel mit dem weißen Bart oder den Hasen, der Eier versteckte. (Wobei ich das nie verstanden habe: Warum versteckt ausgerechnet ein Hase bunte Eier?)

In Syrien lebten wir in einer bunten, offenen Gesellschaft. Umso schockierender war es, wie schnell dieses friedvolle Miteinander zusammenbrechen konnte. Zwar war in Rakka auch weiterhin ein ziemlich normales Leben möglich – von den überschaubaren Demonstrationen in der Innenstadt einmal abgesehen. Aber aus den anderen syrischen Städten erreichten uns verstörende Nachrichten. Zum Beispiel machte die Geschichte des 13-jährigen Hamza Ali al-Khatib die Runde, eines Jungen in meinem Alter. Er war in Daraa während einer Demonstration festgenommen worden. Nachdem seine Eltern einen Monat lang nicht wussten, was aus ihrem Kind geworden war, brachten schließlich Sicherheitskräfte den eindeutig schwer misshandelten und brutal verstümmelten Leichnam des Jungen zu den verzweifelten Eltern, die das Bild ihres Jungen aus Protest ins

Internet stellten. Meine Mutter war den Tränen nahe, als sie die Bilder des entstellten Jungen sah. Kurz darauf erfuhren wir, dass auch Hamza Ali al-Khatibs Vater abgeholt worden war.

Aus dem Internet wussten wir, dass sich inzwischen auch andere Staatsoberhäupter wie Angela Merkel von Assad distanzierten und ihn zum Rücktritt aufforderten. Aber daran dachte Assad überhaupt nicht. Stattdessen versprach er gewisse Zugeständnisse, wenn die Gewalt seitens der Bevölkerung endlich aufhören würde. Und während er versuchte, sein Volk mit diesen Versprechen ruhigzustellen, wurden von seinen Sicherheitsleuten jeden Tag weitere Demonstranten erschossen ...

Durch die nicht enden wollenden Unruhen stagnierte unsere Wirtschaft. Dementsprechend schoss die Zahl der Arbeitslosen in die Höhe, was die Situation im Land zusätzlich anheizte. Immer mehr Syrer versuchten zu fliehen. Doch offenbar unternahm die syrische Armee neuerdings Patrouillen im türkisch-syrischen Grenzgebiet. Wen sie erwischten, der wurde ins Gefängnis gesteckt oder gleich erschossen. Zumindest hielten sich diese Gerüchte hartnäckig.

Gleichzeitig häuften sich neuerdings auch Berichte über bewaffnete Truppen, die Assads Sicherheitskräfte angriffen. Anscheinend entstanden überall im Land Gruppierungen, die zwar allesamt gegen Assad waren, sich aber leider ebenfalls gegenseitig bekämpften. Auch in Rakka gab es beinahe täglich neue Schreckensmeldungen, sodass mich inzwischen fast jeden Morgen ein schlechtes Gefühl beschlich, wenn Walid oder Ali sich in die Uni verabschiedeten. Weil jedes Mal womöglich das letzte Mal war, dass wir uns sahen. Krieg war grausam. Willkürlich und unberechenbar. Und: Er wurde ständig schlimmer.

Inzwischen hörten wir, dass auch in den umliegenden kleineren Städten stärkere und blutigere Auseinandersetzungen stattfanden. Die Welle der Gewalt bewegte sich schleichend, aber kontinuierlich auf uns zu. Es war nur eine Frage der Zeit, wann der Tod bei uns Einzug halten würde ...

Ankunft in Deutschland

Bei brutalen Anschlägen auf Asylsuchende sind am Wochenende mehrere Syrer verletzt worden. In Magdeburg und Wismar griffen jeweils größere Gruppen von Unbekannten zum Teil mit Baseballschlägern bewaffnet Asylbewerber an [...] In dem Kernland der fremdenfeindlichen Pegida-Bewegung brachen in der Nacht zu Samstag in zwei möglichen Asylunterkünften Brände aus. Beim Brand mehrerer Wohncontainer in Dippoldiswalde geht die Polizei von Brandstiftung aus [...] Auch auf die bewohnte Unterkunft einer dreiköpfigen Flüchtlingsfamilie in Sehnde bei Hannover wurde in der Nacht zum Sonntag ein Brandanschlag verübt.

dpa, 1. November 2015

Ich finde, so ein Kinderheim ist eine merkwürdige Einrichtung. Bei uns in Syrien leben eigentlich nur die Kinder im Heim, die schwerbehindert sind und deshalb nicht von ihren Familien versorgt werden können. Alle anderen kommen bei Angehörigen unter – bei Onkeln, Tanten, älteren Geschwistern, den Großeltern oder im schlimmsten Fall bei entfernt lebenden Cousins oder Cousinen dritten oder vierten Grades. Zumindest war das früher so. Als noch kein Krieg herrschte. Inzwischen hat der Krieg auch bei uns alles verändert. Zum Schlechteren. Und zwar gewaltig. Viele Eltern leben in der ständigen Angst, ihre eigenen Kinder nicht satt zu bekommen. Wie sollten sie da noch weitere Kinder aufnehmen? Auch die medizinische Versorgung ist in vielen Orten komplett zusammengebrochen. Die Situation ist katastrophal – das alles hat nichts mehr mit dem Land und mit den Werten zu tun, mit denen ich groß geworden bin. Heute gibt es in vielen zerstörten syrischen Städten Kindergärten, in denen Kinder, die alles verloren haben, auch übernachten dürfen. Das sind die neuen Kinderheime in Syrien.

Allerdings gibt es hier in Deutschland keinen Krieg. Und hungern muss hier auch niemand. Krankenhäuser und Ärzte gibt es ebenfalls genug. Die Kinder, die hier in Heimen leben, haben dafür offenbar andere Gründe. Der Dolmetscher hat erzählt, dass nicht nur die Kinder ins Heim kommen, deren Eltern verstorben sind, sondern vor allem Kinder von Eltern, die sich nicht um ihre Kinder kümmern können oder – noch schlimmer – die sich nicht kümmern wollen. Das ist für mich unvorstellbar. Meine Eltern hätten uns *niemals* weggegeben. *Niemals.* In Syrien bleiben die Kinder meist sogar bis zum Ende ihres Studiums bei ihren Eltern. Auch wir wären alle sehr, sehr gerne zusammengeblieben. Ich spüre, wie mir für einen kurzen Moment das Schlucken schwerfällt. Mein Herz fühlt sich plötzlich wie verhärtet an. Und auch mein Brustkorb ist wie aus Stahl. Starr. Eng. Unbequem.

Dieses Kinderheim ist absolut nicht der richtige Platz für mich. Einerseits. Denn andererseits ist es der beste Platz, den mir das Leben gerade bieten kann.

Ich schaue aus dem Auto nach draußen. Auf ein einfaches Wohnhaus mit einer weißen Fassade, durch die sich dunkle Holzbalken ziehen. Das muss es sein. Mit einem mulmigen Gefühl winde ich mich aus dem Wagen und drücke vorsichtig die Tür hinter mir zu. Dabei werfe ich einen schnellen Blick auf das Auto. Es ist dunkelblau. Vermutlich ein Golf oder so. Ich drehe mich um und merke, dass ich beobachtet werde. Der Dolmetscher steht breit lächelnd an der offenen Kofferraumklappe und wartet wohl darauf, dass ich endlich meinen Rucksack nehme. Mein letztes winziges Stück Zuhause.

»Wollen wir?«, fragt er betont fröhlich und klingt dabei, als wolle er mich verbal mit Konfetti bewerfen.

Sie geben sich wirklich alle Mühe, mich aufzumuntern oder mir ein gutes Gefühl zu vermitteln. Aber ich fühle mich, als ob ich schlagartig an Rheuma erkrankt wäre. Ganz schwergängig. Mit steifen Schritten trete ich hinter das Auto und schnappe meinen Rucksack. Dann lächele ich schief. »Okay. Dann los.«

Da es an diesem Nachmittag im Oktober 2015 schon recht kühl ist, knöpfe ich meinen neuen schwarzen Mantel bis zum Kinn zu, obwohl es nur ein paar Schritte bis zu dem Haus sind. Verwundert sehe ich mich um. Das sieht wirklich wie ein ganz normales Wohnhaus aus. Ich habe mir das anders vorgestellt. Größer. Offizieller. Eben wie einen Kindergarten. Oder eine Schule oder ein Krankenhaus. Aber nicht so.

Ich streiche nervös meinen Mantel glatt, der vom Sitzen im Auto leider ganz zerknittert ist. Ärgerlich. Ich möchte einen ordentlichen ersten Eindruck machen. Noch einmal streiche ich über den Stoff, ohne damit irgendetwas zu verändern. Diesen Mantel habe ich gleich nach meiner Ankunft in Österreich von den Helfern dort bekommen – damals war ich ganz erstaunt, weil er nämlich in einem richtig guten Zustand war. Wie neu. Ich fand ihn gleich schön, weil ich das Gefühl hatte, dass er mir gut steht. Auch meine silberfarbene Hose, die ich ebenfalls bei meiner Ankunft in Österreich bekommen habe, gefällt mir. Dazu trage ich meine neuen schwarzen Lederschuhe – auch aus Österreich. Ich bin froh, dass ich sie bekommen habe. Meine Nike-Turnschuhe aus Syrien sind nämlich kurz vorm Auseinanderfallen. Eigentlich wollte ich sie schon wegwerfen, aber immerhin haben sie mich einmal quer durch Europa getragen. Deshalb habe ich es irgendwie noch nicht übers Herz gebracht, mich von ihnen zu trennen. Schon alleine, weil sie noch aus Syrien sind.

Trotzdem habe ich mir fest vorgenommen, mein Geld, das ich hier künftig bekommen werde, zu sparen – immerhin 40 Euro im Monat für Kleidung! Davon will ich mir möglichst bald neue Nikes holen. Schließlich bin ich ein überzeugter Nike-Träger. Von jeher. Nike und 90er. Allerdings scheinen 90er nur bei uns in Syrien populär zu sein. Hier in Europa habe ich diese Schuhe noch kein einziges Mal gesehen. Leider. Das sind nämlich ganz besonders leichte und bequeme Sneaker. Unwillkürlich taste ich meinen Rucksack nach ihnen ab. Merkwürdig. Ich spüre sie gar nicht. Ich fühle nur die harte Sohle meiner Nike-Turnschuhe.

»Hier werden die Kinder übrigens dezentral untergebracht«, unterbricht der Dolmetscher meine Gedanken.

Verständnislos lege ich meine Stirn in Falten.

Der Dolmetscher lächelt. »Das heißt: Die Heimkinder wohnen hier in ganz normalen Wohnhäusern in der Stadt verteilt. Es gibt zwar auch ein paar, die oben im Kinderheim auf dem Berg leben, aber gerade die Jugendlichen sind eher hier unten untergebracht. Es hat sich herausgestellt, dass ihnen so keiner einen Stempel aufdrückt. Nach dem Motto: Das waren ›die von oben‹ oder so.«

Ich nicke, obwohl ich es nicht richtig verstehe.

Inzwischen haben wir die Haustür erreicht. Der Dolmetscher drückt auf einen Klingelknopf und lächelt mir aufmunternd zu. Fehlt nur noch, dass er beide Daumen reckt oder wie ein amerikanischer Cheerleader mit Pompons wedelt. Ich versuche zurückzulächeln und merke selbst, dass mir das überhaupt nicht gelingt. Stattdessen verziehe ich mein Gesicht, als hätte ich Zahnschmerzen.

Da wird auch schon die Tür geöffnet. Ein etwa zwölfjähriges Mädchen steht im Eingang und starrt mich an.

»Willkommen!«, sagt sie auf Englisch und tritt zur Seite, um uns reinzulassen. In dem Moment kommt von hinten schon eine Frau angerannt, die uns wie eine Minisonne entgegenstrahlt. Sie ist offenbar die Heimleiterin. Sofort schüttelt sie uns allen die Hände, dabei scheinen ihre wachen Augen mich einmal komplett zu scannen. Es gibt solche Leute: Die durchleuchten dein Innerstes innerhalb von Sekunden. Unsicher trete ich auf der Stelle.

»Willkommen in unserem Haus, Abdullah! Ich bin die Christa.«

Ich verstehe zwar nicht viel Deutsch. Nur das, was ich in den paar Deutschstunden in meinem Erstaufnahmelager in Gießen gelernt habe. Aber dafür reicht es. Schüchtern nicke ich ihr zu. »Hallo. Ich bin Abdullah.«

»Na, dann mal rein«, scheucht sie uns weiter. Christa scheint voller Energie zu stecken. Innerlich tippe ich darauf, dass sie ihre große Dienstfamilie hier bestimmt fest im Griff hat. Während sie darauf wartet, dass ich ihr folge, stelle ich meinen Rucksack ab, um mir die Schuhe auszuziehen – so wie ich es aus Syrien kenne. Christa winkt ab. »Das brauchst du nicht.«

In mir rattert es. Mit Schuhen ins Haus ... Das widerstrebt mir. Hilfe suchend schaue ich zum Dolmetscher, der sich an Christa wendet.

Sie nickt und schaut mich an. »Du kannst deine Schuhe vor deinem Zimmer ausziehen.«

Wie bitte? Nichts verstanden. Ich nehme mir vor,

meine Schuhe einfach vor meinem Zimmer auszuziehen.

Während ich nun Christa ins Wohnzimmer folge, erklärt mir der Dolmetscher: »In Deutschland ist es nicht üblich, die Schuhe draußen auszuziehen.«

Merkwürdig.

Inzwischen haben wir einen riesigen Esstisch erreicht. Er steht sozusagen zwischen Wohnzimmer und Küche. Auch von innen wirkt dieses Heim wie ein ganz normales Wohnhaus. Also so, wie ich mir »normal« in Deutschland vorstelle. Zumindest habe ich nicht das Gefühl, mich in einer staatlichen Einrichtung zu befinden. Im Wohnzimmer steht ein großer Fernseher, davor ein gemütliches Sofa. In einer Ecke spielt ein Mädchen mit kurzen dunklen Haaren, das vielleicht zwölf oder 13 Jahre alt ist, am Computer. Mein Herz macht einen Hüpfer. Ein Computer! Ich war ein begeisterter »Prince of Persia«-Spieler – bevor bei uns der Strom ausfiel. Das habe ich in Syrien immer am Computer meines Bruders Walid gespielt, weil ich selbst leider noch keinen Rechner haben durfte. »Sonst hängst du wahrscheinlich nur noch vor dem Ding«, war Papas liebstes Gegenargument, mit dem er vermutlich recht hatte. Er fand, dass es ausreichend war, wenn seine studierenden Söhne Computer besaßen. Hier gibt es nun offenbar einen, der für alle verfügbar ist.

»Hi, ich bin Abdullah!«, rufe ich einmal quer durch den Raum.

Das Mädchen dreht sich um und sieht mich gleichgültig an. »Ja«, ist das Einzige, was es sagt. Dann dreht es sich wieder weg. »Das ist Lara«, erklärt Christa an ihrer Stelle.

Eine herzliche Begrüßung habe ich mir anders vorgestellt. Überhaupt habe ich nicht das Gefühl, dass sich hier jemand über mich freut. Also, die meisten sind nett. Aber routiniert nett. Entweder kommen so oft Neue oder sie wollen mich nicht hierhaben oder die Deutschen sind generell etwas unterkühlt.

Verlegen zucke ich mit den Schultern und blicke irritiert zu Christa und den anderen. Was jetzt? Auch wenn ich es mir nicht anmerken lassen will: Ich bin verunsichert. Schon alleine deshalb, weil ich zum ersten Mal mit einem Mädchen unter einem Dach wohnen soll, das nicht meine Schwester ist. Wobei ich sagen muss, dass bei uns in Syrien Jungs und Mädchen nicht so streng getrennt werden wie in manch anderen arabischen Ländern. Ich habe sogar zwei Jahre lang eine Mädchenschule besucht, weil meine Mutter dort unterrichtete. Deshalb bin ich den Umgang mit Mädchen durchaus gewohnt. Aber mit ihnen zusammenzuwohnen, ist trotzdem etwas anderes.

Christa schmunzelt bloß und winkt mich weiter. Ich soll mich an den Esstisch setzen. Ein paar jüngere Kinder sitzen bereits. Sie haben mich schon die ganze Zeit neugierig angesehen, jetzt lachen sie mich an und ich stelle mich noch einmal vor. Auch sie sagen artig ihre Namen auf. Dann verlieren sie sofort wieder das Interesse an mir, weil Christa Teller und kleine Gabeln austeilt. »Wir haben extra für dich gebacken«, erklärt sie lachend – erst auf Deutsch, dann auf Englisch, woraufhin meine beiden Begleiter Geräusche der Begeisterung von sich geben und mich freudig anlächeln.

Hungrig schiele ich auf die Kuchen. Einer sieht ganz schokoladig aus. Der andere besteht aus einer Creme mit Früchten. Lecker! Ich liebe Süßes! Allerdings sehen die Kuchen bei uns in Syrien ein wenig anders aus. Bei großen Feiern sind das meistens richtig fette Sahnetorten. An normalen Tagen gibt es eher eine Mischung aus Grießbrei und Kuchen – fabelhafte Grießschnitten, die bei uns Basbousa heißen. Am liebsten mag ich allerdings Baklava. Fast wehmütig denke ich an das leckere Zucker-Nuss-Gebäck, das meine Mama manchmal gemacht hat. Von diesen kleinen Gebäckstücken triefte der Zuckersirup, wenn sie frisch waren.

Zu Hause. In Syrien.

Hier ist alles fremd.

Ich hole tief Luft.

Genau in diesem Moment steckt ein kleiner Junge seinen Kopf zur Tür herein, um unsere Heimleiterin etwas zu fragen. Er ist schätzungsweise zehn Jahre alt, also nur wenig älter als meine Schwester Raghad. Sobald er mich bemerkt, stockt er und starrt mich an – wobei das nichts mit Christas Scannerblick von vorhin zu tun hat, es ist eher das blanke Entsetzen. Ruckartig dreht er sich um und läuft davon. Ich schaue ratlos zur Heimleiterin, die ungerührt weiter Kuchen verteilt. Dabei erklärt sie meinem Dolmetscher ein paar Allgemeinheiten, die er gleich übersetzt: »Hier leben neun Kinder. Alle sind unter 18.«

»Gibt es hier noch andere Flüchtlinge?«, unterbreche ich ihn neugierig.

Mein Dolmetscher muss nicht einmal nachfragen. Er schüttelt den Kopf. »Du bist der Einzige.«

Das habe ich befürchtet. Schade!

Mein Dolmetscher tröstet mich: »Das ist gut! So lernst du schneller Deutsch.«

Ich nicke, setze mich hin und kippe erst einmal ordentlich Zucker in meinen Tee, woraufhin der Dolmetscher gleich anfängt, auf Christa einzureden, die mit hochgezogenen Brauen auf meine Tasse starrt.

Ungefähr eine Stunde bleiben die Frau vom Jugendamt und der Dolmetscher noch bei uns. Dann verabschieden sie sich. Obwohl ich sie ja auch nicht wirklich kenne, hätte ich mir gewünscht, sie wären noch geblieben. Meine beiden Begleiter fühlen sich wenigstens ein kleines bisschen vertraut an. Sie gehören in »meine Mannschaft«, wenn man das so sagen möchte. Die Erzieher im Heim dagegen sind mit den anderen Kindern in einem Team. Zumindest fühlt es sich noch so an.

Ein letztes Mal spricht mich der Dolmetscher auf Arabisch an. Er wünscht mir alles Gute. Ich bedanke mich – ebenfalls auf Arabisch. Dann ist er fort. Ich fühle mich fast ein bisschen wie ab- und ausgeliefert. Ab jetzt werde ich mich mit ein paar Brocken Deutsch und meinem Schulenglisch verständigen müssen. Da in den vergangenen Jahren allerdings der Unterricht wegen des Kriegs ausgefallen war, bin ich ein wenig unbeholfen.

Ich habe Heimweh. Jetzt schon.

Meine Heimleiterin ruft das Mädchen vom Computer zu uns – sofort erklingt ein missmutiges Stöhnen aus dem Nebenraum. Aber das interessiert Christa nicht. Sie möchte, dass Lara mir das Haus zeigt und mich zu meinem künftigen Zimmer bringt. Ich soll sogar ein eigenes bekommen – das hatte zumindest der Dolmetscher angekündigt.

Christa deutet mit ihrem Finger zur Tür. »Abdullah, geh bitte mit Lara mit!« Dabei lächelt sie aufmunternd – erst in Laras Richtung, dann in meine.

»Okay«, ergebe ich mich ihren Anweisungen und greife nach meinem Rucksack.

Lara trippelt unruhig auf der Stelle, während sie auf mich wartet. Ich frage mich, ob sie das tut, weil sie gerade kurz davor gewesen ist, in ihrem Spiel ein neues Level zu erreichen. Oder ob das an mir liegt.

Eilig stürmt sie durch das Treppenhaus nach oben – wenigstens hier sind Jungs und Mädchen getrennt! Wir Jungs haben eine eigene Etage mit einem eigenen Badezimmer. Mein Blick bleibt an der Toilette hängen. Bei uns in Syrien, wie eigentlich in allen arabischen Ländern, wäscht man sich nach jedem Toilettengang untenrum sauber. Dafür gibt es neben jedem Klo extra einen Schlauch. Hier in Deutschland nimmt man offenbar nur trockenes Papier. Also: Daran muss ich mich gewöhnen! Ich schiele zum Waschbecken und bin froh, dass man hier wenigstens zum Händewaschen Wasser benutzt. Und sich die Hände nicht bloß mit Papier abwischt.

Gerade öffnet Lara die Tür zu meinem neuen Zimmer und ich beeile mich, zu ihr aufzuschließen, als ein Mädchen ungefähr in meinem Alter durchs Treppenhaus nach oben schlurft. Sie ist riesig. Mindestens so groß wie ich. Und sie trägt eine komische Jacke, in der sie mich an einen russischen Offizier erinnert. Dazu eine passende Mütze, unter der ihre langen blonden Haare hervorgucken. Ich hebe meine Hand und rufe: »Hi!« Sie mustert mich abweisend und läuft einfach weiter.

»Das war Julia«, erklärt Lara.

Aber die Namen kann ich mir ohnehin nicht so schnell merken. Weil sie so fremd klingen. Und weil es auf einen Schlag so viele neue sind.

Lara räuspert sich. Sie steht in meiner offenen Zimmertür und wartet vermutlich darauf, dass sie endlich wieder nach unten verschwinden kann.

»Your room«, sagt sie nun plötzlich auf Englisch.

Vermutlich ist ihr gerade eingefallen, dass alle Kinder mit mir Englisch sprechen sollen. Damit ich mich nicht so ausgegrenzt fühle. Ich finde diese Regel grundsätzlich nett. Gleichzeitig frage ich mich, wie ich dann Deutsch lernen soll ...

»Okay?«, fragt Lara mit deutlich hörbarer Ungeduld. Dabei macht sie schon die ersten Schritte in Richtung Treppe.

»Okay«, entgegne ich.

Und damit wirbelt Lara wie ein kleiner Tornado zurück nach unten.

Ich schlüpfe aus meinen Schuhen und betrete neugierig mein Zimmer. Die Wände sind grellgrün. Die Holzmöbel schlicht. Auf dem kleinen Schreibtisch steht eine Karte mit einem schnörkeligen *Willkommen* darauf. Daneben: ein Teller voller Süßigkeiten. Obwohl ich gerade erst Kuchen gegessen habe, nehme ich mir einen Schokoriegel. Ich bin gespannt, wie er schmeckt. Mein erster deutscher Schokoriegel. Aber schon während ich das Papier abwickele, merke ich, dass es eigentlich egal ist, ob der Riegel wirklich schmeckt. Ich werde ihn so oder so köstlich finden. Weil ich es einfach nett finde, dass mir die Heimleiterin und die anderen eine Freude machen wollen. Deshalb beginne ich nun mit einem deutlich besseren Gefühl, meine Sachen in den schlichten Holzschrank zu sortieren. Weil es natürlich nicht viel ist, bin ich ruckzuck damit fertig. Ich setze mich auf den Stuhl vor dem Schreibtisch, wickele noch einen zweiten Schokoriegel aus dem Papier und schaue mich um: Eigentlich sieht es noch immer so aus, als würde dieses Zimmer auf seinen künftigen Bewohner warten. Es wirkt unbewohnt.

Ich zucke zusammen. Mein Herz wird schlagartig zu einem Eisklumpen. Hitzeball. Eisklumpen. Hitzeball. Eisklumpen. Gerade fällt mir nämlich auf: Da fehlt doch was! Hektisch springe ich auf und greife nach meinem Rucksack, der noch am Boden liegt. Er ist leer. Überflüssigerweise klopfe ich trotzdem seinen Boden und die Seitentaschen ab. Total unsinnig. Schließlich kann man in einem so kleinen Rucksack garantiert kein Paar Schuhe übersehen. Verzweifelt schaue ich mich um: Meine 90er sind nicht da. Das gibt es doch gar nicht! Meine geliebten 90er! Da auch sie ein Stück Zuhause sind, bereitet mir ihr Verlust einen kurzen Moment beinahe körperliche Schmerzen. Mein Herz rast und ich überlege, wo und wie ich sie verloren haben könnte. Dabei fällt mir ein, dass ich sie schlicht vergessen habe. In dem Erstaufnahmelager in Gießen. Dort habe ich sie extra tief unter mein Bett geschoben, damit sie mir keiner klaut. Und nun habe ich sie in der ganzen Abreiseaufregung vergessen. Wie dämlich von mir! Einen kurzen Augenblick überlege ich, Christa zu bitten, für mich in Gießen anzurufen, um nach meinen Schuhen zu fragen. Ich mache sogar schon einen Schritt in Richtung Tür. Aber dann stoppe ich. Meine Schuhe sind garantiert eh nicht mehr da. In einem solchen Lager bleibt unbeaufsichtigt nichts auch nur eine Minute an seinem Platz. Natürlich nicht. In so einem Lager kann ja jeder alles gebrauchen.

Frustriert lege ich mich auf das Bett und hole mein Handy heraus, das ich seit der Flucht nicht eine Sekunde abgelegt habe. Mein Telefon ist gerade der mit Abstand wichtigste Gegenstand, den ich besitze. Damit rufe ich erst einmal meinen Bruder Walid an. Als ich ihn nicht erwische, wähle ich Mamas Nummer.

»Geht es dir gut?« Sie klingt besorgt. Wie eigentlich immer in den vergangenen Monaten.

»Hm«, brumme ich.

»Bist du schon in deinem neuen Zuhause?«

»Das ist nicht mein Zuhause«, stelle ich sofort klar.

»Ach, Abdullah«, versucht sie, mich zu trösten. »Irgendwann sind wir alle wieder zusammen. Daran glaube ich ganz fest.«

Und plötzlich kommt mir das mit meinen vergessenen Schuhen ganz klein und unwichtig vor. Sodass ich es gar nicht erzählen mag. »Zuerst hole ich dich und Raghad zu mir«, verspreche ich meiner Mutter.

Sie lächelt. Ich sehe es nicht. Aber ich höre es.

»Pass auf dich auf, mein Großer! Ich bin dankbar, dass du jetzt da bist, wo du bist. Gefällt es dir?«

Wir sprechen noch ein paar Minuten, dann legen wir auf und ich starre – mit dem Telefon in der Hand auf meiner Brust – mit zugeschnürter Kehle an die Decke. Ich habe keine Ahnung, was das Leben mir nun bringen wird.

So liege ich eine gefühlte Ewigkeit da. Regungslos. Bis Christa mich irgendwann gegen 18 Uhr zum Abendessen abholt. Ich bin froh, dass sie mich begleitet. Immerhin werde ich nun zum ersten Mal allen Kindern vorgestellt.

Sobald ich den Raum betrete, staunen mich die Jüngeren an, als wäre ich eine Sehenswürdigkeit. Die Älteren ignorieren mich. Vor allem das Mädchen mit der

Russenmütze – auch wenn sie die jetzt beim Abendessen nicht trägt. Aber ich erkenne sie an ihren langen blonden Haaren.

Nur einer der älteren Jungs lacht mich offen an und streckt mir sogar seine Hand entgegen. »Hi, ich bin Max. Nice to meet you.«

Er ist ungefähr in meinem Alter. Ich entgegne: »Ich bin Abdullah.« Auf Deutsch!

Dann reden wir nicht mehr miteinander, weil das Abendessen beginnt. Es sieht anders aus als bei uns. Das Brot ist grau und schlaff. Dazu gibt es Wurst.

»Ist das Schwein?«, erkundige ich mich vorsichtig. Als Moslem darf ich ja kein Schweinefleisch essen.

Sofort macht ein Erzieher ein betroffenes Gesicht, springt auf und rennt zum Kühlschrank. Vermutlich ist er sich auch nicht so sicher. Vorsichtshalber holt er ein neues Paket heraus, in dem garantiert kein Schweinefleisch steckt: »Chicken«, versichert er und deutet auf ein gemaltes Huhn auf der Packung.

Hühnchen ist gut! Die anderen Kinder verfolgen das Ganze aufmerksam. Dann fangen sie an zu reden und zu lachen. Ich lächele zwar mit, fühle mich aber unwohl. Reden die jetzt über mich? Vermutlich. Der Erzieher ermahnt sie nämlich sofort.

»You should talk in English, please!«

Das war's.

Nun reden die Kinder gar nicht mehr am Tisch. Sie grinsen sich nur noch über ihre Teller und Gläser hinweg an.

Während ich auf dem ordentlich in exakt gleich große Scheiben geschnittenen grauen Brot herumkaue, lasse ich meinen Blick über den Tisch kreisen. Dabei stelle ich fest: Deutsches Abendessen wirkt irgendwie langweilig. Wurst, Käse, Butter, fertig. Bei uns in Syrien gibt es zu dem leckeren arabischen Brot, von dem sich jeder ein Stück abreißt, verschiedene Dips, Salate und Oliven. Da ist jede Mahlzeit ein kleines Fest. Hier wirkt es eher wie eine Notwendigkeit. Da ich allerdings Hunger habe, lange ich trotzdem ordentlich zu. Immerhin habe ich den ganzen Tag kaum etwas gegessen oder getrunken. Nur den Kuchen und die Riegel. Und ein bisschen Tee am Nachmittag. Deshalb gieße ich mir auch gleich mein ganzes Glas bis zum Rand voll und nehme durstig einen großen Schluck – und muss mich fast übergeben! Mein Mund ist voller Blasen. Wasserblasen. Ich unterdrücke den Würgereiz. Die trinken hier Cola ohne Geschmack! Definitiv das Ekelhafteste, was ich jemals im Mund hatte. Bei uns in Syrien gibt es zwar auch Wasser, aber das ist still. Kohlensäure gibt es nur in Limonaden. In Cola, Fanta oder Sprite. Und genau die habe ich auch erwartet. Unglücklich sehe ich mich um – und würge das Sprudelwasser runter.

Aus dem Augenwinkel erkenne ich, dass Max mich anlacht. Als hätte er genau gesehen, dass ich beinahe Wasserfontäne an unserem Esstisch gespielt hätte. Ich grinse zurück. Max ist mir sympathisch. Nach dem Abendessen fragt er mich, ob ich mich noch mit ihm und den anderen vor den Fernseher setzen mag. Allerdings wird mir das sehr schnell langweilig. Schließlich verstehe ich nichts von dem, was da gesprochen wird. Deshalb verabschiede ich mich bald und gehe schlafen. War ja auch ein anstrengender Tag!

Am nächsten Morgen fängt mich Max nach dem – ebenfalls langweiligen – Frühstück im Flur ab. »Hi! How are you?«, will er wissen.

Er ist wirklich bemüht, mich kennenzulernen. Im Gegensatz zu anderen aus der Gruppe, die ihren Unmut deutlich zur Schau tragen. Die blonde Julia zum Beispiel. Sie drängt sich mit einem genervten Augenrollen an uns vorbei. Dabei knurrt sie: »Maaann, müsst ihr ausgerechnet hier im Weg stehen?«

Ich schaue irritiert zu Max. Aber der lacht bloß.

Ich bin wirklich froh, ihn zu haben!

Wir setzen uns ins Wohnzimmer und quatschen. Als Walid mich auf dem Handy anruft, erkläre ich ihm, dass ich gerade keine Zeit hätte. »Ich sitze hier mit einem Freund.«

»Oho, mit einem Freund!«, echot er. Und ich weiß genau, wie er dabei leicht spöttisch guckt.

»Ich melde mich später«, würge ich ihn ab und wende mich wieder Max zu. Dabei stellen wir ziemlich schnell fest, dass wir beide gerne Fußball spielen. Ich glaube, Max ist wirklich froh, dass nun ein Junge in seinem Alter im Heim lebt. Bald hocken wir in beinahe jeder freien Minute zusammen. Max fragt mich, woher ich komme und wie es war, im Krieg zu leben. Er ist unkompliziert, offen und interessiert – ohne dabei zu neugierig zu sein. Max fragt immer genau so viel, wie ich auch erzählen möchte. Und wenn er merkt, dass ich mich mit einem Thema unwohl fühle – als er mich zum Beispiel auf meinen Vater anspricht und meine rechte Hand wieder unkontrolliert zuckt –, spricht er sofort von etwas anderem.

Wir unterhalten uns gut. In einem Mix aus Englisch und Deutsch. Nun will auch ich wissen: »Warum bist du eigentlich im Heim?«

Er winkt ab. »Och, ich bin schon mein ganzes Leben hier.«

Offenbar ist er sozusagen der Dienstälteste in diesem Haus. Seine Eltern haben es aus irgendwelchen Gründen nicht geschafft, sich um ihren Sohn zu kümmern. Max tut zwar so, als hätte er sich längst damit abgefunden, trotzdem fragt er bei diesem Thema auffallend oft: »Wollen wir nicht lieber Fußball spielen?«

Und dann spielen wir. Dabei haben wir jedes Mal einen Riesenspaß. Fußballspielen ist in jeder Sprache gleich. Das funktioniert international und man fühlt sich sofort nicht mehr fremd. Oder andersartig. Plötzlich merkt man gar nicht mehr, dass man eigentlich nicht dieselbe Sprache spricht und aus unterschiedlichen Ländern kommt. Wenn ich mit Max um den Ball kämpfe und es gerade im letzten Moment noch verhindern kann, dass er ein Tor schießt, kann ich für einen kurzen Moment vergessen, dass ich ein UmF bin. Nur leider werde ich meist bald wieder daran erinnert. Und das ziemlich zuverlässig.

Dreieinhalb Jahre bis zur Flucht

Mehr als hundert Zivilisten – viele davon Kinder – starben beim Massaker in der syrischen Stadt Haula. Der überwiegende Teil von ihnen ist nach UN-Angaben hingerichtet worden. Dies hätten die ersten Untersuchungen der Vereinten Nationen ergeben, sagte der Sprecher des UN-Hochkommissariats für Menschenrechte, Rupert Colville, in Genf.

Augenzeugen hatten [...] berichtet, syrische Artillerie habe mit Raketen und Granaten auf Wohnhäuser geschossen. Anschließend seien Mitglieder der gefürchteten regimetreuen Schabiha-Miliz von Haus zu Haus gezogen, um die Bewohner mit Pistolen und Messern zu ermorden. »Sie kamen herein, mit Kalaschnikows und automatischen Gewehren.« Mehrere Zeugen sagten der britischen BBC, sie hätten sich versteckt oder tot gestellt, um zu überleben.

Süddeutsche.de, 29. Mai 2012

Irgendwann im Frühjahr 2012 waren sie plötzlich da. Männer mit Waffen. Mit staubigen Pick-ups knatterten sie durch unsere Stadt. Auf den Ladeflächen waren riesige Kanonen montiert. Die meisten dieser Typen, die in diesen Wagen saßen, auf den Ladeflächen herumgeschaukelt wurden oder auf den Trittbrettern standen und sich dabei an den Außenspiegeln festklammerten, hielten ihre Gewehre schussbereit. Viele rauchten. Es war ein wilder Haufen. Rau. Laut. Und schmutzig. Wenn sie nicht gerade Patrouillen durch Rakka fuhren, spielten sie – auf dem Boden oder kleinen Mauern sitzend – mit ihren AK-47-Maschinengewehren herum. Meine Freunde und ich machten jedes Mal lange Hälse, wenn wir die Soldaten der Freien Syrischen Armee sahen. Sie hatten sich nun also tatsächlich quer durch das ganze Land bis in unsere Stadt vorgekämpft. Was bedeutete: Wer hier saß, hatte garantiert schon mehrere Menschenleben auf dem Gewissen. Wir fanden diese Männer faszinierend und beängstigend zugleich. Meine Freunde und ich waren wie elektrisiert. Gleichzeitig aber auch entsetzt, dass sich solche Typen jetzt in unserer schönen Stadt breitmachten. Denn spätestens mit ihnen zog nun wirklich der Krieg bei uns ein – auch wenn es bislang weiterhin relativ ruhig war. Noch. Denn es war klar: Diese Männer waren gekommen, um zu kämpfen, um Assads Leute endgültig zu vertreiben. Es war also nur eine Frage der Zeit, wann hier die ersten Schießereien stattfinden würden und wann es die ersten Toten geben würde ...

Deshalb waren diese Männer für uns alles zugleich: Helden und Feinde. Retter und Mörder. Auch wenn sie natürlich eigentlich auf der richtigen Seite in den Krieg eingetreten waren – nämlich um gegen unseren Präsidenten zu kämpfen –, gab es Gerüchte, dass sie auf syrische Wohnhäuser geschossen hatten, auf ganz normale Familien. Aus diesem Grund wurden die Kämpfer der

Freien Syrischen Armee von vielen Syrern als Terroristen beschimpft. Wobei Papa die Ansicht vertrat: »Friedlich ist nun einmal keiner, der im Krieg eine Waffe in der Hand hält.« Das war wohl so. Krieg machte etwas mit den Menschen. Auch mit denen, die eigentlich mal mit guter Absicht gestartet waren.

Und obwohl wir all das wussten und unsere Eltern uns immer wieder eingebläut hatten, dass meine Freunde und ich uns auf jeden Fall von allem fernhalten sollten, was die Revolution betraf, trieben wir uns künftig doch auffallend häufig in der Nähe dieser Soldaten herum. Sie erschienen uns einfach zu spannend! Meist beobachteten wir sie aus einem vermeintlich sicheren Abstand, wenn wir mit unseren Rädern unterwegs waren. Allerdings wurde das Fahrradfahren neuerdings zur Nebensache. Kein Sprungtrick dieser Welt fesselte uns aktuell so sehr wie diese Soldaten!

An einem schulfreien Freitag – Freitag ist bei uns Arabern das, was der Samstag in der westlichen Welt ist, also der erste Tag des Wochenendes – standen wir mal wieder mit Herzklopfen an einer ansonsten langweiligen Straßenecke am äußersten Rand der Stadt und schielten bemüht unauffällig zu den Männern rüber. Sie taten das Übliche: Gewehre putzen, rauchen, am Boden sitzen, zwischendurch mal aufgeregt durch die Gegend rennen, telefonieren, dann wieder hinsetzen, Karten spielen, herumalbern, aufspringen ... Bis plötzlich einer der Typen, die Zigarettenkippe locker im Mundwinkel hängend, zu uns rüberwinkte.

Irritiert schauten wir uns um. Meinte der uns? Hatte der Soldat wirklich gerade nach uns gewunken? Unwillkürlich rollte der kleinste der drei Mohammeds mit seinem Rad ein Stück zurück, um gleich lospreschen zu können, sollten wir uns für den Rückzug entscheiden. Der kleine Mohammed war immer ein bisschen vorsichtiger als die anderen Jungs. Mein bester Freund Omar stand auf seinem Rad genau neben mir und blickte mich fragend an. Ich zuckte mit den Schultern und spähte wieder in Richtung des Soldaten. Der winkte nun noch heftiger. Kein Zweifel: Er wollte definitiv, dass wir zu ihm rüberkamen. Noch einmal schauten meine Freunde und ich unsicher von einem zum anderen, ohne uns zu bewegen. So richtig trauten wir uns nicht. Wahrscheinlich hätten wir alle behauptet, dass unsere Eltern das nicht gewollt hätten. Herumlungern war ja schon grenzwertig – mit den Soldaten reden aber definitiv ein größeres Vergehen, das drastische Strafen nach sich ziehen würde …

Tatsächlich war es aber wohl viel weniger das Verbot unserer Eltern, das uns zurückhielt. Wir hatten einfach Angst. Vermutlich konnte der Soldat das problemlos in unseren Gesichtern lesen, denn nun rief er auch noch: »Kommt rüber! Wir beißen nicht!« Dabei lachte er und ein paar andere Soldaten, die nun ebenfalls auf uns aufmerksam geworden waren, mussten grinsen.

Also das passte mir nun gar nicht! Schließlich war ich kein Angsthase. Unsicher trat ich von einem Bein auf das andere. Es wurmte mich, dass der Vorwurf, ich würde mich nicht trauen, nun im Raum stand. Diese Unterstellung zwickte an meiner Haut und drückte an meinem Herzen. Ich war nicht ängstlich! Ich war mir nur sicher, wie ungehalten meine Eltern reagieren würden, wenn ich mit diesen Männern sprach. Zumindest rechtfertigte ich damit nun auch vor mir noch einmal meinen aktuell leider völlig abhandengekommenen Mut. Ich rang schwer mit mir. Zeitgleich spürte ich die erwartungsvollen Blicke meiner Freunde im Rücken. Sie wussten genau, dass ich meistens der Abenteuerlustigste von uns war.

Also gut. Ich zuckte mit den Schultern und gab mir einen Ruck. Ohne weiter darüber nachzudenken, stieg ich von meinem Rad und schob es langsam in Richtung der Männer. Was sollte schon passieren? Ich hatte noch nie davon gehört, dass die Freie Syrische Armee irgendwelche Jugendlichen verschleppt hätte. Aus den Augenwinkeln sah ich, dass nun auch meine Freunde mir zögernd folgten. Sogar der vorsichtige Mohammed! Selbst bei ihm überwog offenbar die Neugier.

Die Soldaten sagten irgendetwas, was ich wegen der Entfernung nicht verstand, und lachten noch lauter. Mein Herz klopfte inzwischen so heftig, dass es in meinen Ohren dröhnte. Ich hörte nichts anderes mehr. Keinen Straßenlärm. Keine Freunde. Nichts. Je näher ich kam, desto drängender wurden meine Fluchtgedanken. Am liebsten wäre ich nun doch auf mein Rad gesprungen und blitzschnell nach Hause gebrettert. Dabei war mir klar: Kneifen ging nicht. Wie hätte das denn ausgesehen?

Also stellte ich mich schließlich mit gespielter Coolness vor die Männer und rief: »Hallo!« »Hallo!«, erwiderten sie amüsiert. Plötzlich kamen sie aus allen Ecken auf uns zu. Von jetzt auf gleich waren wir von einer ganzen Horde von Soldaten umringt. Einige trugen Militärkleidung, andere ganz normale Klamotten – Lederjacken, schwarze Hosen. Die meisten hatten ihre Bärte – Schnauz- und Vollbärte – erstaunlich ordentlich gestutzt. Araber und ihre Bärte! Bei vielen galt es beinahe als Verstümmelung, sich vollständig zu rasieren.

Jetzt aus der Nähe sahen diese Männer zwar immer noch wild und ungewaschen, aber längst nicht mehr so Furcht einflößend aus. Das waren auch nur ganz normale Männer ... Sie schlugen vor, dass wir uns zu ihnen auf den Boden setzen sollten. Da mir das nicht besonders gefährlich erschien, stellte ich tatsächlich mein Rad ab und setzte mich zu den Soldaten in den Staub. Meine Freunde taten es mir nach. Dabei hoffte ich inständig, dass uns keiner von unseren Familien sah. Dann wäre dieses kleine Abenteuer nämlich sofort zu Ende gewesen. Allerdings: Wir waren hier so weit weg von zu Hause, so weit weg von der Innenstadt. Hierher verirrte sich garantiert keiner, den wir kannten.

In meinem Bauch blubberte es vor Aufregung. Gleichzeitig fand ich es ziemlich cool, hier so zu sitzen. Die Männer erzählten uns von ihren Familien und woher sie kamen. Dabei zeigten sie uns Fotos aus ihren alten Leben. Ein wenig so, als müssten sie sich selbst daran erinnern, dass sie mal einen geregelten Alltag, ein liebevolles Zuhause und eine normale Arbeit gehabt hatten. Plötzlich taten sie mir leid. Wir hatten hier noch nicht viel von dem Bürgerkrieg mitbekommen. Aber diesen Männern hatte dieser Krieg bereits ihr Leben geraubt. Sie hatten Menschen sterben sehen, waren selbst zu Mördern geworden, mussten jeden Tag um ihr Leben fürchten. Sie würden nie mehr als die Männer zurück nach Hause kommen, als die sie losgezogen waren. Wenn sie denn überhaupt jemals zurückkehren würden. Bislang sah es ja nicht so aus, als würden die Unruhen bald enden. Ganz im Gegenteil: Sie wurden immer schlimmer. Wie ein Kochtopf, in dem das Wasser an einigen Stellen langsam zu sieden anfing. Man wusste genau, dass es bald überall kochen würde. So war die Situation in Syrien.

Die Soldaten erzählten uns von ihrer Hoffnung, dass die Nato eingreifen würde. Dass Angela Merkel, die deutsche Bundeskanzlerin, Truppen nach Syrien schicken würde, um die Rebellen zu unterstützen, um Assad zu stürzen. Die Welt konnte doch nicht dabei zuschauen, wie das syrische Volk unterdrückt und ermordet wurde. Oder doch? Denn bislang war aus dieser Richtung keine Hilfe in Sicht. Zumindest behaupteten das die Soldaten. Trotzdem hofften sie jeden Tag aufs Neue darauf …

Völlig unerwartet drückte mir plötzlich einer sein

Gewehr in die Hand. »Willst du mal schießen?« Die Waffe war erstaunlich schwer. Sie lag wie ein Steinklotz in meinen Händen – ich konnte erst einmal gar nicht zugreifen. Dieses Ding hatte aus normalen Familienvätern Mörder gemacht. Es war mir unheimlich. Sein Besitzer sah mich mit einem schrägen Lächeln an: »Na, traust dich nicht?« Aber das war es nicht. Ich brauchte einfach einen kurzen Moment. Natürlich wollte ich gerne schießen! Vorsichtig umfasste ich das raue Metall und legte die Waffe an. Sicherheitshalber drehte ich mich von den anderen weg. Auch wenn ich nicht einmal den Finger am Abzug hatte, wollte ich auf keinen Fall in Richtung von Menschen zielen. Der Mann, der mir das Gewehr gegeben hatte, stand auf und reichte mir seine Hand, um mich auf die Füße zu ziehen. Dann ging er ein paar Schritte von der Gruppe weg und deutete auf ein Ding, das wie ein leerer Wasserkanister aussah, der vergessen in der kargen Landschaft stand. Auf den sollte ich schießen. Der Soldat nahm das Maschinengewehr und schraubte eine Art Blechdose darunter, in der wohl die Patronen steckten. Anschließend klappte er an der Seite zwei Hebel um und gab mir die Waffe dann zurück. Plötzlich fiel mir wieder auf, wie ungepflegt dieser Mann aussah. Alles an ihm schien verwahrlost. Die Haare waren geschnitten, aber fettig. Seine Kleidung konnte er vermutlich abstellen – wenn er sie überhaupt jemals auszog. Am meisten irritierten mich aber seine Augen. Sie waren wie tot. Während sein Gesicht ständig in Bewegung war, blieben die Augen merkwürdig glanzlos. Ich wollte gar nicht wissen, wie viel Schmerz in diesem Mann steckte! »Was ist?«, unterbrach er meine Gedanken. »Du musst nur am Abzug ziehen.«

Ich drehte mich in die Richtung, in der mein Ziel lag, und legte die Waffe an. Das funktionierte ganz automatisch. So als hätte ich es schon Tausende Male getan. Dabei hämmerte mein Herz wild in meiner Brust. Ganz vorsichtig tippte ich mit dem Finger auf den Abzug. Er hatte nicht viel Spiel. Ich spürte schnell den Widerstand. Dann holte ich einmal tief Luft und drückte ab. Schlagartig entwickelte das Gewehr ein Eigenleben. Es ratterte in meinen Händen und schien mich einmal komplett durchzuschütteln. Meine Brust tat mir weh, als ich das Gewehr absetzte und nach dem leeren Kanister sah, der wie unbeteiligt in der Landschaft stand. Der Mann neben mir lachte laut auf. Er rief: »Noch mal!« Und diesmal traf ich. Die Geschosse zerfetzten den Kanister, sodass nichts mehr von ihm übrig blieb. Schießen war wirklich was für Dummies. Wenn man sich einmal an den heftigen Rückschlag der Waffe gewöhnt hatte, war es ganz einfach. Begeistert drehte ich mich zu meinen Freunden um, die alle mit leuchtenden Augen in meine Richtung starrten. Das war ein Abenteuer, das uns gefiel! Nun durften reihum alle einmal abdrücken. Wir lachten, wenn einer nicht traf oder wenn es den kleinen Mohammed vom Rückstoß der Waffe fast umschmiss. Erst viel zu spät am Abend machten wir uns auf den Heimweg. Uns allen war klar, dass wir unseren Familien nichts von unserem Abenteuer erzählen und dass wir die Männer so bald wie möglich wieder besuchen würden. Aber dazu sollte es nicht mehr kommen ...

Auch wenn an diesem Abend noch nichts darauf hinwies, dass sich die Situation in Rakka so plötzlich ändern würde. Denn alles wirkte wie immer. Die Straßen waren voller Leute. Straßenhändler boten auf riesigen Karren ihre Auberginen, Tomaten und Granatäpfel an. Frauen schleppten ihre Einkäufe nach Hause. Und wir? Wir fuhren verschwitzt und mit leuchtenden Augen einmal quer durch die Stadt und beachteten den üblichen Trubel gar nicht. Wir hatten nur ein Thema: Schießen. Den ganzen Weg nach Hause sprachen wir darüber, wie unglaublich stark der Rückstoß war und wie toll wir unsere Ziele getroffen hatten. Dabei lachten wir, zogen uns gegenseitig auf und verdrängten perfekt, dass diese Waffen nicht bloß lustige Spiel- und Sportgeräte waren. Wir kapierten gar nicht, welches Unheil gerade auf uns zurollte. Wir hätten uns niemals vorstellen können, dass mit diesen Soldaten eine Zeit begann, die unsere Familien, unsere Zukunft, unsere Freundschaften zersprengen würde. Wir waren wirklich ahnungslos.

Ohne uns für den kommenden Tag verabreden zu müssen, war klar, dass wir uns wieder treffen würden. Schließlich war morgen Samstag, also der zweite Tag unseres Wochenendes, bevor die Schule wieder losging. Deshalb kümmerte es meine Eltern auch nicht, dass ich später als sonst nach Hause kam. Ich war schließlich ein Junge und fast 13. Mama fragte bloß: »Hattest du einen schönen Tag?« Ich nickte kauend und verdrückte noch die Reste von ihrem leckeren Mujaddara. Eine meiner Leibspeisen: Linsen mit Zwiebeln. Klingt nicht so aufregend, schmeckt aber köstlich. Der perfekte Abschluss! Satt und müde legte ich mich ins Bett und schlief ein, sobald mein Gesicht das Kissen berührte.

Ich war eher ein Langschläfer. Aber das war in unserer Familie okay. Wir frühstückten ohnehin etwas später. Mama hatte am Vortag leckere Oliven auf dem Markt gekauft. Dazu gab es frisches arabisches Brot und eine große Schale Granatapfelkerne. Mich nervte es ja immer ein wenig, die kleinen roten Kerne aus der Schale zu fummeln. Aber bei Mama ging das ruckzuck. Hungrig langte ich zu. Mama lachte immer, weil wir Jungs so viel aßen. Tatsächlich verdrückten wir viel mehr als beispielsweise Papa.

Es war ein richtig schöner Sommertag. Der Himmel leuchtete knallblau, die Sonne schien und durch das geöffnete Fenster strömte warme Luft ins Haus. Ich war grenzenlos zufrieden. Gleich nach dem Essen sprang ich auf und lief zu meinem Fahrrad, das ich wie immer direkt vor meinem Zimmer geparkt hatte. Aber schon als ich es durch unser Tor schieben wollte, sah ich, dass meine Freunde bereits auf der Straße Fußball spielten. Also schob ich das Rad wieder zurück und rannte zu ihnen. Spielten wir eben noch ein bisschen Fußball, ehe wir zu den Soldaten aufbrachen ...

Bald war ich allerdings so ins Spiel vertieft, dass ich gar nicht mehr an den geplanten Ausflug dachte. Ich schrie: »Omar, hier!«, weil ich gerade günstig vor unserem mit Steinen markierten Tor stand, als ich aus der Ferne ein leises Brummen wahrnahm. Aber nur ganz unterschwellig. Schließlich war ich gerade im Torfieber. »Jetzt! Zu mir!«, brüllte ich noch einmal und wedelte wild mit den Armen. Als Omar den Ball endlich zu mir schoss, musste ich mich nur ganz leicht drehen. Ich traf den Ball perfekt, sodass der gegnerische Torwart überhaupt keine Chance hatte. »Tor! Tor!«, brüllte ich, riss die Arme erneut in die Höhe. Beifall heischend schaute ich in Omars Richtung – und hatte das Gefühl, Luft zu sein. Er beachtete mich gar nicht. Kein bisschen. Stattdessen starrte er konzentriert in die Richtung, wo unser Haus stand, nur etwas höher, in den Himmel. Auch die anderen schauten plötzlich alle in dieselbe Richtung. Was hatten sie denn? Ich ließ meine Arme sinken und drehte mich nun ebenfalls um. Erst in diesem Moment nahm auch ich das lauter gewordene Brummen deutlich wahr. Es gehörte zu einem dunklen Hubschrauber, der erstaunlich tief über der Erde auf uns zusteuerte. Ich kniff meine Augen zusammen, um ihn besser erkennen zu können.

Ein Hubschrauber über unserer Stadt war eher ungewöhnlich. Zumindest konnte ich mich nicht erinnern, schon einmal einen gesehen zu haben. Reglos und mit klopfendem Herzen verfolgten wir, wie der Hubschrauber laut ratternd direkt über uns hinwegbrauste.

»Wow!«, stieß Mohammed beeindruckt aus. Fasziniert blickten wir dem Hubschrauber hinterher, wie er in Richtung Innenstadt verschwand.

Plötzlich hörte ich meinen Vater brüllen: »Abdullah! Ins Haus! Yallah! Yallah!« Das heißt: Schnell! Schnell! Er kam aufgeregt auf uns zugerannt. Seine Augen waren weit aufgerissen und er winkte panisch mit den Armen. So kannte ich ihn gar nicht. »Und auch ihr Jungs, schnell nach Hause!« Papa sah sich gehetzt um und blickte in die Richtung, aus der dieser Hubschrauber gekommen war. »Yallah! Yallah! Gleich kommen Bomben.« In diesem Augenblick schlug mein Papa nicht Alarm – er *war* Alarm. Anders kann ich das nicht beschreiben. Nicht nur was er sagte, versetzte uns einen Schlag in den Magen. Auch wie er es sagte, wie angespannt sein Körper dabei wirkte. Es war, als würde jede einzelne Pore Alarmsignale aussenden, als würde jede Körperzelle voller Panik in Signalrot blinken.

Auch wenn wir nicht wirklich begriffen, was gerade geschah, setzten wir uns unmittelbar – ohne uns auch nur voneinander zu verabschieden – in Bewegung. Ich stürzte blitzschnell meinem Vater entgegen, meine Freunde stoben in alle Richtungen auseinander, zu ihren Häusern. Papa erreichte die Eingangstür zu unserem Hof als Erster und hielt sie mir schnaufend auf. Ich konnte nichts sagen. Weil ich so aus der Puste war. Aber auch, weil mir die Angst die Stimme geklaut hatte. Papa schob mich in Richtung Küche, wo sich der Rest meiner Familie ängstlich zusammenkauerte. Meine kleine Schwester Raghad klammerte sich weinend an Mama. Warum eigentlich? Was war denn plötzlich los? Und warum standen wir alle in der Küche? Aber mein Mund war viel zu trocken, um Fragen zu stellen.

Mama schaute sichtbar erleichtert in unsere Richtung. »Ihr seid da!«, seufzte sie und strich mir über den Kopf, was ich normalerweise hasste, weil sie damit meine Frisur durcheinanderbrachte. Aber diesmal dachte ich gar nicht daran. Stattdessen lauschte ich mit den anderen aufgeregt nach draußen. Worauf warteten wir denn? Was für Bomben? Ich fragte mich, woher meine Eltern und meine Brüder wussten, was uns erwartete. War in den Nachrichten irgendetwas angekündigt worden? Papa murmelte. »Erst kommt der Hubschrauber. Danach folgen die Bomben. Das ist immer so.« Ich konnte vor lauter Angst kaum atmen. Nach diesem Satz schien es, als wäre die Luft nicht mehr gasförmig, sondern fest. Sie schien mich beinahe zu erdrücken. Es war unerträglich. Ich schloss die Augen, weil es mir dann manchmal etwas leichter fiel, mich zu beruhigen. In diesem Moment vernahm ich aus der Ferne ein Grollen. Ich riss die Augen wieder auf und fing zuallererst Mamas Blick auf, die voller Angst zu meinem Vater schaute. Er betete. Und das war das Einzige, was wir jetzt noch machen konnten. Beten, dass uns nichts passierte. Dass meine Familie und meine Freunde verschont blieben.

Das bedrohliche Grollen kam näher. Ein Flugzeug. Erneut schloss ich die Augen. Wir hörten, wie ein Flieger über unser Viertel donnerte. Kurz darauf ertönte ein dumpfer Knall, der die Erde zum Beben brachte und meinen ganzen Körper erschütterte. Dann wurde es ruhig. Nichts war zu hören. Gar nichts. Erst als aus einem der Nachbarhäuser aufgeregte Stimmen drangen, fiel die Anspannung ein wenig von uns ab. Mein Bruder Walid war der Erste, der aus der Küche und dann die Steintreppe nach oben auf unsere Dachterrasse rannte. Papa und wir anderen folgten ihm. Schließlich wollten wir alle wissen, was passiert war. Die Sonne empfing uns mit ihren warmen Strahlen und der Himmel leuchtete noch genauso blau wie heute Morgen. Und trotzdem war alles anders. Am anderen Ende der Stadt stieg eine dichte dunkelgraue Staubwolke in den Himmel. Ich fragte mich, ob das womöglich die Stelle war, wo die Soldaten der Freien Syrischen Armee ihr Lager aufgeschlagen hatten. Worauf sonst hätten es Assads Leute abgesehen haben können? Später erfuhren wir von Nachbarn, dass die Bombe ein Wohnhaus zerstört hatte. Trotzdem war wie durch ein Wunder keiner ums Leben gekommen. Wir hatten Glück gehabt. Allerdings war uns allen bewusst: Das würde nicht so bleiben. Nun war es so weit. Der Krieg hatte uns erreicht. Und damit auch das Töten, das Sterben, die Zerstörung.

In den kommenden Tagen trauten meine Freunde und ich uns erst einmal nicht mehr in die Innenstadt. Eigentlich trauten wir uns nirgendwohin. Wir gingen morgens in die Schule und machten anfangs noch Scherze darüber, wie schade es war, dass die Bombe nicht das Schulgebäude zerstört hatte. Keiner wollte zugeben, wie sehr ihn dieser Angriff erschreckt hatte und wie groß die Angst vor weiteren Bombenfliegern war. Außerdem ahnte damals noch keiner von uns, wie schrecklich es war, wenn man nicht in die Schule gehen konnte. Heute weiß ich das. Und ich würde alles dafür geben, in Syrien ganz normal meine Abschlüsse machen zu können. Aber damals dachten wir darüber nicht nach.

Ein paar Monate, nachdem die Freie Syrische Armee zum ersten Mal bei uns aufgetaucht war, etwa Ende 2012, Anfang 2013, sah es tatsächlich so aus, als würde es ihr gelingen, das Regime aus Rakka zu vertreiben. Alle schienen darüber erleichtert, weil sie hofften, dass der Krieg dann bald wieder aufhören würde. Doch es kam anders.

Während in Deutschland und anderen westlichen Ländern alle Jugendlichen im »Tribute von Panem«-Fieber waren und leidenschaftlich für Jennifer Lawrence schwärmten, sorgte bei uns plötzlich jemand ganz anderes für Aufmerksamkeit: der ISIS, also der »Islamische Staat im Irak und in Syrien«. Ursprünglich hatten seine Anhänger gegen die amerikanischen Besatzer im Irak gekämpft – daher auch der Name. Wobei diese Soldaten allerdings keinen offenen Kampf geführt, sondern eher versucht hatten, die Amerikaner mit terroristischen Anschlägen zu vertreiben. ISIS war eine radikalislamische Vereinigung, die mit ihrer überstrengen Auslegung des Islam überhaupt nicht in unser relativ liberales Syrien passte. Fand ich zumindest – wie auch die meisten Leute aus meinem Umfeld. Das einzig Positive: Auch diese Kämpfer hatten den Sturz von Assad zum Ziel. Allerdings wollte der ISIS – der schließlich einfach zum IS wurde – bei dieser Gelegenheit Syrien gleich ganz abschaffen. Denn er plante einen neuen Staat für alle Muslime. Deshalb kam für diese Leute auch kein Zusammenschluss mit der Freien Syrischen Armee infrage, um womöglich gemeinsam gegen Assad zu kämpfen. Ganz im Gegenteil: Plötzlich kämpften die Gruppen nicht nur gegen die syrische Regierung. Sie bekämpften sich außerdem gegenseitig.

Nun war es aber leider so, dass für die Freie Syrische Armee ganz normale Syrer zum Gewehr gegriffen hatten, um ihr Land zu verteidigen. Die Kämpfer des IS dagegen waren viel kampferprobter und in dieser Richtung deutlich besser ausgebildet. Wenig später hörte ich aber auch von kurdischen Kämpfern, die sich nun ebenfalls in den Krieg einmischten. Sie hatten anscheinend Angst, zwischen Assads Truppen und den unzähligen anderen Aufständischen aufgerieben zu werden. Kurden hatten nämlich traditionell einen schwierigen Stand in Syrien. Sie waren nicht anerkannt und hatten, obwohl viele von ihnen schon in Syrien geboren worden waren, nicht dieselben Rechte wie wir Einheimischen. Deshalb wollten sie den Bürgerkrieg nun ebenfalls dazu nutzen, ihre Rechte zu stärken, um möglichst einen eigenen kleinen kurdischen Staat zu gründen – oder was auch immer. Es kam mir vor, als würde jeder in diesem Krieg plötzlich eigene Ziele verfolgen. Überall entstanden unzählige kleinere und größere Rebellentruppen. Ich habe sie mal gezählt: Alleine in unserer Stadt kam ich auf zwölf (!) unterschiedliche Kampftruppen. Dabei würde ich nicht einmal eine Garantie abgeben wollen, an wirklich alle Beteiligten gedacht zu haben. Jede Strömung, jede Interessengemeinschaft, jede Glaubensrichtung und jede Volksgruppe schien plötzlich versuchen zu wollen, die Wirren des Bürgerkriegs zu nutzen, um nach Assad die Macht an sich zu reißen. Deshalb schafften sie es auch nicht – obwohl sie alle gegen Assad waren –, gemeinsam gegen ihn vorzugehen. Stattdessen lieferten sie sich permanent gegenseitig erbitterte Kämpfe. Dadurch verschoben sich die unzähligen Grenzlinien innerhalb unserer Stadt beinahe jeden Tag. Mal ein paar Straßen weiter in den Osten, mal ein Stück gen Westen. Man wusste nie, welche dieser Gruppen gerade in welchem Viertel das Sagen hatte. Auf dem Weg in die Schule oder in die Innenstadt führten mal die einen, mal die anderen die mittlerweile üblich gewordenen Straßenkontrollen durch. Mir war es beinahe egal, wer das nun war. Hauptsache, sie ließen mich durch und – noch wichtiger! – in Ruhe.

Assad kamen die heftigen Kämpfe zwischen den einzelnen Bürgerkriegsparteien vermutlich entgegen. Man munkelte, dass er sich in seinem Palast in Damaskus lachend die Hände rieb und nur darauf wartete, dass seine Gegner sich gegenseitig so stark geschwächt hatten, dass er sie anschließend problemlos aus seinem Land fegen konnte. Doch überraschenderweise erwiesen sich alle Beteiligten als ausgesprochen zäh und ausdauernd. Keiner wollte Rakka aufgeben. Während also die verschiedenen Rebellentruppen sich gegenseitig beschossen, wurde das Leben für uns zunehmend beschwerlicher.

Strom lief beispielsweise kaum noch. Deshalb drückte ich zwar weiterhin gewohnheitsgemäß auf den Lichtschalter, wenn ich im Dunkeln mein Zimmer betrat, aber an höchstens ein oder zwei Tagen pro Woche ging dabei auch das Licht an. Weil wir aber natürlich ständig Strom brauchten, hatte Papa von irgendwoher einen Stromgenerator organisiert. Dieser Apparat war ungefähr so groß wie die Straßenhändlerkarren, die früher unsere Straßen säumten – bevor der Krieg sie vertrieben hatte. Ab sofort führte also von unserem Haus ein langes Kabel bis zu dieser brummenden Maschine. Dadurch hatten wir tatsächlich zuverlässig Strom – auch wenn wir natürlich sparsam mit ihm umgingen. Immerhin musste die Maschine mit Benzin betrieben werden. Und wer wusste schon, wie lange wir noch Benzin bekommen würden? Stundenlanges Musikhören in meinem Zimmer oder bis in die Nacht auf Walids Computer spielen war deshalb leider nicht mehr möglich. Aber zumindest konnte Mama nun manchmal warm kochen.

Ziemlich zeitgleich mit dem Strom hatte sich übrigens auch unser Wasser verabschiedet. Ganz plötzlich kam kein einziger Tropfen mehr aus dem Hahn. Wir waren dankbar, dass wir eine Zisterne im Garten hatten! Nun war es zwar nicht besonders komfortabel, sich zum Zähneputzen einen Eimer Regenwasser aus dem Außenbecken zu holen, aber zumindest konnten wir uns halbwegs ordentlich waschen. Mein Vater wollte sich mit dieser Lösung natürlich nicht zufriedengeben. Unser schlauer Tüftler konstruierte eine beeindruckende Wasserpumpe, die das Regenwasser in einen riesigen Bottich auf dem Dach transportierte. Von dort aus wurde es in die Rohre im Haus geleitet, sodass wir – vermutlich als eine der ersten und einzigen Familien unseres Viertels seit dem Kappen der Wasserzufuhr – tatsächlich richtig duschen konnten. Ich fand es anfangs zwar etwas merkwürdig, mich nur noch mit Regenwasser zu waschen. Aber meine Eltern versicherten: »Unser Wasser ist absolut rein und sehr gut.« Mama kochte damit sogar unser Essen und wusch unsere Wäsche – das allerdings neuerdings per Hand, um Strom *und* Wasser zu sparen.

Am Anfang kam es mir vor, als hätten wir zwangsweise eine Zeitreise in die Vergangenheit gemacht. Alles, was bislang selbstverständlich gewesen war – Schalter drücken, Licht an –, wurde plötzlich zum größten vorstellbaren Luxus. Aber merkwürdigerweise gewöhnte man sich auch daran. Sogar ziemlich schnell. Auch die Schießereien in der Innenstadt gehörten bald zu unserem Alltag. Wir wussten genau, welche Viertel man aktuell meiden musste. Und wenn mal wieder ein Hubschrauber am Himmel auftauchte, legten wir schleunigst eine Spielpause ein und flitzten nach Hause.

Zwar hörten wir von den vielen Toten und Verwundeten in Rakka. Aber zunächst bekamen wir sie nicht zu Gesicht. Und da es glücklicherweise vorerst niemanden aus unserem Familien-, Freundes- oder Bekanntenkreis traf, kam uns auch das zunächst unglaublich weit weg vor. Umso größer war der Schock, als nach ein paar Wochen plötzlich die Geschichte eines Jungen aus einer Nachbarklasse die Runde machte. Mahmoud sollte bei einem Luftangriff von einer Bombe getroffen worden sein. Er war der erste Bürgerkriegstote, den ich persönlich kannte. Dementsprechend schockiert war ich über diese Nachricht. Genau wie alle anderen aus unserer Schule. Alle Schüler und Lehrer trauerten um diesen armen Jungen. Und um noch viel mehr. Denn spätestens Mahmouds Tod führte uns deutlich vor Augen: Es starben nicht nur irgendwelche Soldaten, die auf den Straßen kämpften. Es konnte jederzeit jeden von uns treffen ...

Deshalb spähte ich in der Folgezeit deutlich häufiger in den Himmel, um nach Hubschraubern Ausschau zu halten. Wir lebten in Daueranspannung.

Aber diese übermächtige Angst vor Luftangriffen legte sich ebenfalls bald und wir tobten wieder unbeschwert mit dem Fußball durch die Straßen. Ganz normal. Und wieder einmal dachte ich: Menschen sind faszinierend. Sie können sich offenbar an alles gewöhnen.

Auch meine großen Brüder erwähnten kaum mehr die unzähligen Straßenkontrollen, die sie jeden Tag auf dem Weg zur Uni passieren mussten. Sie mussten neuerdings an beinahe jeder Straßenecke ihren Studentenausweis vorzeigen. Selbst der Bus wurde zwischendurch regelmäßig gestoppt, weil Rebellen die Insassen kontrollieren wollten. Ali blieb deshalb häufiger die ganze Woche über bei Freunden, um sich die lästige Hin-und-her-Fahrerei mit den unzähligen Kontrollen zu ersparen. Nur Walid kam jeden Abend nach Hause – schließlich wartete seine besorgte Frau auf ihn.

Während wir also versuchten, unser Leben so normal wie möglich weiterzuleben, nahm uns der Krieg Stück für Stück die Zutaten, die man dafür brauchte.

Als Nächstes erwischte es meine Schule.

Wir Jungs hatten uns ja schon einige Male scherzhaft gefragt, warum die Bomberpiloten nicht mal ein besonders dickes Geschoss auf unsere Schule warfen. Als das dann tatsächlich passierte, waren wir schockiert. Zwar wurden wir übergangsweise noch in anderen Schulen unserer Stadt untergebracht, aber nach und nach wurden auch die Opfer von Luftangriffen. Schon bald konnte höchstens noch jedes zweite Kind aus Rakka die Schule besuchen. Obwohl ohnehin schon viele Familien ins Ausland geflohen waren, reichten die Schulplätze nicht mehr für die, die geblieben waren. Meine Freunde und ich waren gerade mal 13 Jahre alt – und standen auf der Straße. Obwohl ich mich einerseits freute, diese langweilige blaue Schuluniform nicht mehr tragen und keine Hausaufgaben mehr machen zu müssen, fühlte ich mich unwohl. Irgendwie abgehängt. Was war denn mit meinem Schulabschluss? Wie sollte ich später studieren? Wie würde meine Zukunft aussehen? Und würde es in diesem Land überhaupt eine Zukunft geben?

Diese Frage diskutierten auch meine Eltern neuerdings ständig. Sie beschlossen, mich zu Hause zu unterrichten – immerhin waren sie Lehrer. So konnte ich zwar keine Abschlussprüfung ablegen und ich bekam natürlich auch kein Zeugnis, aber zumindest sorgten meine Eltern dafür, dass ich alles lernte, was für das Schuljahr vorgesehen war. Syrien zu verlassen, war für uns keine Option. Dafür war die Familie zu groß und Raghad noch zu klein. Außerdem hörten wir immer wieder, dass viele bei dem Versuch, über die Grenze in die Türkei oder den Libanon zu fliehen, gefangen genommen oder erschossen wurden. »Das ist zu gefährlich«, urteilte Papa deshalb und streichelte seiner kleinen Raghad über den Kopf, die gerade mal vier Jahre alt war und schon quengelte, wenn sie einmal mit Mama zum Markt und wieder zurück laufen sollte. Da mussten wir über eine Flucht – zu Fuß! – definitiv nicht nachdenken. Wir saßen also in unserer Stadt fest und hofften darauf, dass sich die Lage wieder beruhigte.

Da nun auch Mama keinen Arbeitsplatz mehr hatte, waren wir froh, dass Papa weiterhin Geld mit seinen Reparaturen verdiente. Jeden Tag fuhr er mit seinem

Mofa in die Innenstadt und rief sofort bei Mama an, wenn irgendwo in unserer Stadt eine Bombe detoniert war. »Ist bei euch alles in Ordnung? Seid ihr zu Hause?«, vergewisserte er sich dann jedes Mal. Und Mama beruhigte ihn, dass es allen bestens ging. Zumindest den Familienmitgliedern, die sich in Rakka aufhielten. Wir waren jeden Abend aufs Neue froh, wenn alle wieder gemeinsam beim Abendessen saßen. Dann sprachen wir darüber, was den Tag über passiert war. Zum Beispiel, dass sich Deutschland offenbar bereit erklärt hatte, 5.000 schutzbedürftige Syrer aufzunehmen. »5.000!«, wiederholte Papa kopfschüttelnd. »Hier sind über 20 Millionen Syrer schutzbedürftig!« »Aber die kämen ja eh nicht alle hier raus«, entgegnete Walid trocken, während er sich Wasser eingoss. »Selbst wenn es einige tatsächlich schaffen, aus Syrien zu fliehen – dann ertrinken sie im Mittelmeer.« Ahmed meinte: »Pest oder Cholera.« Was so viel bedeutete wie: Hier droht uns der Tod durch Bomben, auf der Flucht droht uns halt ein anderer. Und dann sprachen die Erwachsenen noch darüber, dass der Islamische Staat sich bei uns gegen die anderen durchzusetzen schien. Dabei klangen sie bedrückt. Und ziemlich bald wurde auch mir drastisch vor Augen geführt, warum ihnen das Sorgen bereitete ...

Ich war gerade mit meinen Freunden beim Gottesdienst. Wir unterbrachen häufig unser Fußballspiel, wenn der Ruf des Muezzins durch die Straßen hallte und zum Gebet rief. Ich mochte das. Weil wir in einer friedlichen Gemeinschaft alle zusammensaßen und gemeinsam aus dem Koran lasen. Das war jedes Mal eine sehr heimelige Atmosphäre. Doch einmal platzten mit Maschinengewehren bewaffnete Männer in unsere Moschee. Während des Gottesdienstes! Mit Gewehren! Die friedliche Stimmung, die ich so mochte, war schlagartig dahin. Ein paar Leute räusperten sich nervös, andere rutschten unruhig auf ihrem Platz hin und her und Omar, der direkt neben mir saß, schaute mich auffordernd an und nickte mit dem Kopf in Richtung Tür, wo sich allerdings gerade ein weiterer bewaffneter Kämpfer positionierte. Er musste gar nichts sagen. Ich verstand, was er meinte: Omar wollte abhauen. Ich schüttelte unauffällig den Kopf. Eine Flucht erschien mir unmöglich. Zumal ich mir sicher war, dass der Mann am Eingang dort nicht zur Deko stand. Ich hielt es für sicherer, in der Menge zu bleiben. Unmerklich nickte Omar sein Einverständnis. Dann schauten wir gebannt zu den bärtigen Männern, die sich neben unserem Muezzin aufbauten und verkündeten, nach dem Gottesdienst einen Mann hinrichten zu wollen, weil er sich »unislamisch verhalten« hatte. Omar riss seine Augenbrauen hoch und ich spürte, wie mein Herz so heftig klopfte, dass es fast wehtat. Was hatten die vor? Die wollten einen Menschen töten? Vor unseren Augen? Mir wurde schlecht. Zumal ich von meinen Brüdern wusste, was diese Männer für unislamisch hielten. Damit meinten die IS-Leute nicht unbedingt, dass jemand während des Ramadan tagsüber gegessen oder ein Mann und eine Frau sich öffentlich geküsst hätten – das wären immerhin Verhaltensweisen gewesen, die vermutlich jeden gläubigen Moslem zumindest peinlich berührt hätten. Vermutlich hätten einige sogar missbilligend den Kopf geschüttelt. Geschüttelt! Und auch nur den eigenen!

Aber eine Hinrichtung? Das war Wahnsinn! Zumal diese IS-Leute sogar ganz gewöhnliche Sachen verurteilten. Wenn sich ein Mann beispielsweise seinen Bart rasierte. Haram! Also aus ihrer religiösen Sicht unrein und verwerflich. Auch wenn jemand Tauben züchtete. Haram! Wenn jemand sich für Fußball begeisterte. Haram! Das waren alles Gründe, die bei diesen radikalen Islamisten eine Hinrichtung rechtfertigten. Bislang hatten wir nur davon gehört. Jetzt sollten wir es zum ersten Mal erleben. Weil sich keiner traute, diese verrückte Einladung auszuschlagen, um nicht selbst ins Visier dieser Terroristen zu geraten, trottete die komplette Gottesdienstgemeinde wie eine Herde Schafe den bewaffneten Männern hinterher, die offenbar gerade das Sagen im Viertel hatten – auf den Platz neben der Moschee.

Meine Freunde und ich folgten dem Strom. Dabei kicherten wir vor Nervosität. Ich fühlte mich, als würde mein kompletter Körper unter Strom stehen, jedes kleinste Körperhärchen vibrierte vor Anspannung. Am liebsten hätte ich mich weggebeamt. »Seht ihr was?«, fragte der kleine Mohammed, als wir schließlich zum Stehen kamen. Er hoffte wohl noch immer, dass wir etwas falsch verstanden hätten. Er reckte seinen Hals, ohne dadurch auch nur das Geringste mehr zu sehen. Omar starrte zu dem vermummten Mann, der einen langen Säbel in der Hand hielt. Er hielt den Atem an und warf mir einen verzweifelten Blick zu. Wir konnten beide nicht glauben, was wir da sahen. Die wollten tatsächlich einen Menschen ermorden! Entsetzt schaute ich wieder zu dem armen Kerl, der auf dem staubigen Boden kniete. Sie hatten ihm eine schwarze Tüte über den Kopf gestülpt. Seine Schultern bebten. Ich war mir sicher, dass er unter seiner Tüte weinte. Es war schrecklich! Jetzt wurde noch einmal verkündet, was dieser Mann getan haben sollte. Ich glaube, er hatte sich unverheiratet mit einer Frau getroffen. Oder es war irgendwas mit Verrat. Ich weiß es nicht mehr. Mein Hirn war wie betäubt. Die Worte flogen durch meine Ohren, ohne irgendwo anzudocken. Es wurde noch eine Weile geredet und gepredigt und geklagt. Und es war ganz klar, was diese Veranstaltung bezwecken sollte: Wir sollten abgeschreckt werden! Diese Männer stellten neue Regeln auf – und an die hielt man sich besser!

Der Henker holte aus. In diesem Moment ging ein Raunen durch die Menge. Es war wie ein kollektives Luftanhalten. »Was ist?«, quietschte der kleine Mohammed. Der Säbel zischte durch die Luft. Ich zog instinktiv den Kopf ein und kniff die Augen zu. Dann war es still. Nur die IS-Männer brüllten irgendetwas. Ich hätte mich übergeben können. Omar hauchte: »Das ist krass.« Er war kreidebleich. Mein Freund hatte seinen

Blick nicht abgewandt und gesehen, dass der Kopf des armen Mannes nur halb abgeschlagen worden war. Trotzdem war der vermeintliche Verräter sofort gestorben. »Krass«, wiederholte Omar noch einmal. Sonst redete er nicht mehr viel. Auch auf dem Heimweg nicht. Der Krieg hatte uns eine weitere Zutat geklaut: die Unbeschwertheit. Unser leichtes, glückliches Leben war nun endgültig vorbei. Stattdessen musste man ab sofort noch mehr aufpassen als sonst, was man tat oder sagte. Die Männer des IS schreckten schließlich auch nicht davor zurück, Kinder oder Jugendliche zu töten. Für sie galt die Scharia, das religiöse Gesetz des Islam, in der strengstmöglichen Auslegung. Dementsprechend fanden Hinrichtungen bald häufiger statt.

Die ersten Male sah ich noch entsetzt weg, wenn ich irgendwo einen maskierten Mann erblickte, vor dem ein bemitleidenswerter Mensch kniete, meist umringt von einer großen Gruppe Schaulustiger. Viele hielten sogar ihr Handy in die Luft, um das Unglaubliche zu filmen. Zuerst waren wir jedes Mal geschockt, aber irgendwann gewöhnten meine Freunde und ich uns selbst an diesen Anblick. Mir half es, nicht darüber nachzudenken, wer da gerade umgebracht wurde. Ich verdrängte, dass auch dieser Todgeweihte eine Mutter, einen Vater und vermutlich viele Geschwister oder sogar eine Frau und Kinder hatte. Ich registrierte bloß: Oh, schon wieder eine Hinrichtung! Nicht mehr. Auf gar keinen Fall mehr. Ich weiß, das klingt erschreckend kaltblütig und gleichgültig. Aber das war ich nicht. Das war nur meine einzige Möglichkeit, dieses Grauen zu ertragen. Tag für Tag für Tag.

Und Menschen sind wie gesagt erstaunlich: kein Strom, kein Wasser und keine Empathie mit den bemitleidenswerten IS-Opfern. Was vor zwei Jahren noch unvorstellbar gewesen wäre, wurde zum Alltag. Zwar hoffte ich, dass die Freie Syrische Armee – die zweitstärkste Gruppe in unserer Stadt – sich doch gegen den IS behaupten würde. Aber irgendwie ahnten wir schon, dass der IS siegen würde.

Manchmal fragten wir uns allerdings auch, ob das wirklich so furchtbar wäre. Beim Abendessen meinte einer meiner Brüder einmal: »Ich weiß gar nicht, ob ich den IS wirklich schlimmer finde als unsere alte Regierung. Beim IS kennt man zumindest die Regeln und kann sich an sie halten. Bei Assad war alles reine Willkür.« Dabei spielte er auf die unzähligen Menschen an, die früher beispielsweise mit ihrem Auto zum falschen Zeitpunkt in die falsche Straße gebogen waren. Wenn Assads Leute dieses Auto gerade brauchten, hatten sie es ihnen einfach weggenommen. Glücklich waren die gewesen, die noch die Gelegenheit hatten, davon zu berichten. Die meisten verschwanden einfach. Mit ihrem Wagen. Assads Geheimdienste waren ebenso brutale Mörder wie der IS. Nur töteten sie unbeobachtet in ihren Kerkern und Gefängnissen. Der IS tat es öffentlich. Vermutlich der Abschreckung wegen: »Bestrafe einen, erziehe Hunderte.«

So habe ich im Laufe der kommenden Jahre vermutlich jede Möglichkeit, einen Menschen zu töten, mindestens einmal live miterlebt. Die Gegner des IS wurden erschlagen, erschossen, erdolcht. Hinrichtungen gehörten in den IS-dominierten Vierteln bald ebenso selbstverständlich zum Straßenbild wie früher die Gemüsehändler. Zwischendurch gab es immer wieder Bombenangriffe oder Kämpfe in der Innenstadt. Meine Heimatstadt hatte nichts mehr mit dem zu tun, was sie vor dem Bürgerkrieg einmal gewesen war. Meine aus tiefstem Herzen geliebte Heimat. Sie wurde einfach zerstört.

Die ersten Monate in Deutschland

»Es war ein Blutbad.« Julien Pearce ist Journalist beim französischen Radiosender »Europe 1« und war am Freitagabend bei dem Konzert der US-Rockband »Eagles of Death Metal« im Bataclan in Paris, als mehrere schwer bewaffnete Attentäter den Konzertsaal stürmten.

»Die Menschen haben geschrien, gekreischt und alle haben auf dem Boden gelegen«, berichtet er nach der Anschlagserie im US-Fernsehsender »CNN«. Der Angriff habe zehn Minuten gedauert. »Zehn schreckliche Minuten, in denen alle am Boden lagen und ihre Köpfe geschützt haben.« Er habe »viele Schüsse« gehört, die Terroristen seien »sehr ruhig, sehr entschlossen« gewesen, berichtet Pearce. »Sie haben ihre Waffen drei oder vier Mal nachgeladen. Sie haben nicht gebrüllt, sie haben gar nichts gesagt.« Die Attentäter seien ganz in Schwarz gekleidet und unmaskiert gewesen, berichtet Pearce. Einem von ihnen, einem jungen Mann im Alter von 20 oder 25 Jahren, habe er sogar ins Gesicht gesehen.

Welt.de/N24, 14. November 2015

Als ich die ersten verwackelten Bilder im Fernsehen sehe, stockt mir der Atem. Die älteren Kinder und Erzieher im Heim haben kaum noch ein anderes Thema. Alle sprechen von Paris. Wie am 13. November 2015 Terroristen ein Konzert gestürmt und mit Maschinengewehren wild um sich geschossen haben. Gleichzeitig haben sie Handgranaten in die panische Menge geworfen. Ein Albtraum. Ungefähr zeitgleich wurden auch bei dem Fußball-Länderspiel Deutschland gegen Frankreich und in mehreren Cafés Anschläge verübt. Insgesamt sterben 130 Menschen, 350 werden verletzt.

Max sitzt neben mir auf dem Sofa. »Echt krass!«, stöhnt er. Und Julia guckt mich so wütend an, als wäre ich persönlich der Drahtzieher dieser schrecklichen Anschläge. Alle sind entsetzt. Alle nehmen plötzlich ein Friedenszeichen mit Eiffelturm als Profilbild bei WhatsApp.

Ich nicht.

Nicht weil ich diese Anschläge nicht auch schrecklich finde. Mir tut es um jeden einzelnen Toten leid. Ich weiß genau, welche unendlichen Schmerzen die Angehörigen nun ertragen müssen. Auch ihnen gilt all mein Mitgefühl. Aus tiefstem Herzen. Trotzdem kann ich diese grenzenlose Aufregung nicht nachvollziehen. Ich wundere mich sogar darüber. Bekommen die Menschen hier nicht mit, was jeden Tag in Syrien passiert? Warum bastelt keiner syrische Friedenszeichen und nimmt sie als WhatsApp-Profilbild? Das ist nicht böse gemeint. Ich verstehe es nur nicht. Sind syrische Tote weniger wert? Findet es die Welt weniger traurig, wenn mein herzensguter, immer hilfsbereiter, freundlicher Vater stirbt?

Ich bin verwirrt. Es heißt, dass etwa 470.000 Syrer bis 2015 im Bürgerkrieg gestorben sind. 1,9 Millionen wurden verletzt. Was sind dagegen 130 Tote? Ich sage es noch einmal: Ich finde jeden einzelnen Toten zu viel. Ich verabscheue jede Form von Gewalt. Ich hasse diese Terroristen, die so viel unnötiges Leid bringen. Aber mich schmerzen auch die vielen Toten in Syrien. Die russischen Bomber, die Assad unterstützen ...

Als ich das meinen Mitbewohnern erklären möchte, reagieren sie verstockt. Beinahe entsetzt. Ein Junge springt ruckartig auf und ruft: »Das ist nur, weil wir euch alle zu uns reinlassen!«

»Lukas!«, ruft unser Erzieher und rennt ihm gleich hinterher. Vermutlich, um ihm zu erklären, dass »wir so etwas hier nicht hören wollen«.

Ich schaue den beiden mit aufgerissenen Augen nach.

Julia legt zornig die Stirn in Falten. Sie muss gar nichts sagen. Ich sehe ihr an, was sie denkt. Und selbst Max wendet sich unauffällig, aber eindeutig von mir ab.

Halt! Ihr versteht mich falsch!, möchte ich rufen. Aber mir hört keiner mehr zu. Irgendwie scheint bei allen nur anzukommen: Abdullah findet die Anschläge in Paris nicht schlimm.

Kurz darauf kommt auch noch raus, dass die Attentäter offenbar als Flüchtlinge nach Europa gekommen waren. Passend dazu titelt die BILD-Zeitung, mit der man in Deutschland in etwa so häufig konfrontiert ist wie in Syrien mit dem Konterfei von Assad: »Kommt der Terror auch zu uns?«

Prima! Plötzlich fühle ich mich nicht mehr nur falsch verstanden, sondern richtig gebrandmarkt.

Wirklich angenommen fühle ich mich in dieser Zeit eigentlich nur in meiner »Internationalen Förderklasse«, die ich neuerdings besuche. Hier werde ich – zumindest in diesem Punkt – von allen verstanden. Mit der teilweise sehr deutlich gezeigten Ablehnung hat hier nämlich jeder zu kämpfen. Egal, woher meine Klassenkameraden kommen. Und sie kommen von überallher: ein Junge aus Indien, einer aus Brasilien, ein Mädchen irgendwo aus Afrika, mehrere Schüler aus Afghanistan ...

Ich bin der einzige Syrer. Aber das ist nicht der einzige Punkt, in dem ich mich von den anderen unterscheide. Ich habe auch deutlich mehr Ehrgeiz als sie. Und ein ganz klares Ziel: Ich will so schnell wie möglich meine Mutter und meine Schwester zu mir holen. Die anderen aus der Klasse sind mit ihren Familien nach Deutschland gekommen und vielleicht schon deshalb ein wenig entspannter in ihrer Lebensplanung. Ich bin jedenfalls der Einzige, der gleich in der ersten Woche zu unserem Klassenlehrer stapft und fragt, wie man in Deutschland studieren kann. Herr Schneider, ein junger

Deutscher mit rotem Bart und dunkler Brille, lächelt milde: »Jetzt lernst du erst einmal Deutsch und machst deinen Hauptschulabschluss.«

Ich bleibe hartnäckig. »Aber wann kann ich studieren?«

Mein Lehrer schmunzelt. Während er mich interessiert mustert, setzt er sich ein wenig aufrechter hin. »Wenn du gut Deutsch sprichst und auch sonst gute Leistungen bringst, kannst du am Ende des Schuljahres in die normale deutsche Klasse wechseln, machst deinen Realschulabschluss. Und danach schaffst du vielleicht dein Abi und studierst irgendwann.«

»Okay«, entgegne ich entschlossen. »Dann mache ich das so.«

Ich habe ein Ziel vor Augen. Und es ist mir wichtig. Deshalb versuche ich, es so gut wie möglich zu ignorieren, wenn ich mit einem Rucksack auf dem Rücken durch die Innenstadt laufe und dabei gelegentlich schief angeschaut werde. Allerdings passiert mir das nicht so häufig wie vielen meiner Klassenkameraden. Ich habe nämlich Glück: Mit meiner relativ hellen Haut werde ich häufig nicht als Araber erkannt.

Wenn ich mit meinen dunkelhäutigeren Klassenkameraden unterwegs bin, fällt mir auf, wie viele Passanten uns abchecken, ob sich unter unserer Jacke womöglich Sprengstoffwesten abzeichnen. Die Jungs aus meiner Klasse erzählen ständig solche Geschichten. Dass die Leute sogar aufstehen, wenn sie sich neben sie setzen. Im Bus. Oder in der Bahn. Jeder von uns ist schon mindestens ein Mal beschimpft worden. So in der Art: »Geh zurück nach Hause! Wir wollen euch nicht hier haben!« Einige wurden sogar schon von anderen Jugendlichen angegriffen. Vor allem seit den Anschlägen gehört es zu unserem Migrantenalltag, misstrauisch beäugt zu werden.

Es ist nicht so, dass wir uns alle super leiden können. Trotzdem sind wir eine Gemeinschaft – keine, die nur so heißt, sondern eine, die sich tatsächlich so anfühlt. Weil wir ähnliche Probleme haben. Und weil wir alle noch nicht richtig in Deutschland angekommen sind und Heimweh nach Hause haben.

Immerhin sind unsere Lehrer wirklich nett zu uns. Man merkt, dass sie sich sehr viel Mühe geben, damit jeder etwas lernt. Es wundert mich allerdings manchmal, dass sie Scherze mit uns machen und verständnisvoll nicken, wenn einer zu spät kommt oder seine Hausaufgaben nicht gemacht hat. Die benehmen sich fast wie Freunde! Kein Vergleich zu unseren strengen Lehrern in Syrien! In Deutschland werden die überdimensionalen Lineale tatsächlich ausschließlich dafür genutzt, gerade Linien zu ziehen. In Syrien missbraucht man sie eher als Schlagstöcke ... Überhaupt bewundere ich die Geduld der Lehrer. Da wir alle unterschiedlich gut Deutsch sprechen – und meine Lehrer natürlich kein Afghanisch, Indisch oder Suaheli –, gestaltet sich der Unterricht manchmal doch etwas schwieriger. Dementsprechend erstaunlich finde ich, wie sie es trotzdem schaffen, jeden Einzelnen im Blick zu behalten. Herr

Schneider bekommt schnell mit, dass mein Deutsch besser wird. »Wenn das so weitergeht, kannst du bald wirklich in die normale Klasse wechseln«, motiviert er mich einmal nach dem Unterricht.

Das freut mich natürlich. Zumal ich dann mit meinem Freund Max in einer Klasse wäre – so als wäre ich ein ganz normaler deutscher Schüler! Ich bin unendlich stolz und muss sofort Mama und meinen Brüdern davon erzählen. Sobald ich nach Schulschluss das Schulgebäude verlassen habe, wähle ich ihre Nummer.

Erleichtert seufzt Mama in den Hörer: »Dann war das vielleicht doch die richtige Entscheidung mit Deutschland!«

Sie hätte uns natürlich noch immer lieber alle beisammen. Aber ein guter Schulabschluss versöhnt sie allmählich mit Walids Entscheidung, mich nach Deutschland zu schicken – und mich auch.

Den Rest des Tages male ich mir aus, dass ich nun doch noch einen guten Schulabschluss schaffe. Vielleicht sogar die Fachhochschulreife. Danach könnte ich dann studieren. Ein paar Jahre später als geplant – aber immerhin.

In absoluter Hochstimmung komme ich an diesem Tag aus der Schule, während alle anderen aus meinem Heim weiterhin mit traurigen Gesichtern und schwarzer Kleidung ihre Paris-Solidarität bekunden. Blöd. Mit denen kann ich mein großes Glück jetzt nicht teilen! Und wenn ich meinen Erziehern von meinen Plänen erzähle, weiß ich schon, was sie sagen: »Lass dir doch Zeit! Lerne erst einmal in Ruhe unsere Sprache …«

Aber davon will ich nichts wissen. Ich habe durch den Krieg schon genug Zeit verloren. Ungeduldig warte ich also auf Max. Bei ihm bin ich mir ganz sicher, dass er sich für mich freuen wird. Als er endlich zur Tür hereinkommt, blättere ich lustlos in einer Zeitung, die vermutlich ein Erzieher auf dem Tisch liegen gelassen hat, und versuche zu verstehen, worum es in den Artikeln geht. Ich will schließlich Deutsch lernen! Gerade bleibe ich an einem Foto von dunkel gekleideten Demonstranten hängen. Max stellt sich hinter mich.

»Wogegen demonstrieren die?«, will ich wissen.

Max kaut verlegen auf seiner Unterlippe herum. Er weiß nicht, wie er es sagen soll. »Na ja, eigentlich gegen Flüchtlinge. Sozusagen.«

Julia, die mit Max zusammen die Küche betreten hat und sich gerade am Kühlschrank ein Glas Wasser eingießt, lacht laut auf. »Sag's ihm ruhig. Es gibt viele Deutsche, die keine Ausländer im Land haben wollen.« Damit zischt sie aus dem Raum.

Ich ziehe meine Nase kraus und beuge mich noch tiefer über die *Süddeutsche Zeitung*. Dort steht: »Demonstranten rufen: ›Tod den Islamratten.‹ Wer den Islam ›nicht mit dem Terror und der aktuellen Flüchtlingspolitik verbindet, ist ein Idiot‹.«

Mit hochgezogenen Augenbrauen schaue ich zu Max. »Islamratten?«

Max stößt einen tiefen Seufzer aus und schaut mich

mit seinem betroffenen Dackelblick an. Ich meine, ich weiß schon, dass es Deutsche gibt, die uns Flüchtlinge nicht hierhaben wollen. Aber das nun in der Zeitung zu lesen, finde ich trotzdem verstörend. Vor allem ist es ungerecht. »Nur weil es ein paar verrückte Terroristen gibt, sind doch nicht alle Flüchtlinge schlecht«, wage ich mich noch mal vor.

Max hebt abwehrend die Hände. Dieses Thema findet er offenbar heikel und möchte es lieber ausblenden. Also verstumme ich. Dabei würde ich ihm so gerne begreiflich machen, dass die meisten von uns dankbar sind für die Chance, die Deutschland ihnen bietet.

Ich lege die Zeitung weg und stehe auf. Das war's mit meiner Hochstimmung! Gerade habe ich mich noch als zukünftigen Arzt gesehen, jetzt bin ich wieder ein UmF.

Max klopft mir auf die Schulter. Zur Aufmunterung, aber auch, um mir zu zeigen, dass er mein Freund bleibt – ganz egal, was andere sagen. Ob das nun irgendwelche Ausländerfeinde sind oder die Kinder in unserem Haus. Wie Lukas. Der hält sich zwar seit seinem letzten Ausbruch – und dem folgenden Ärger – mit Äußerungen zurück. Dafür spricht sein Gesicht Bände! Jeder Blick gleicht einer Beschimpfung. Aus jeder Pore sind seine Wut und seine tiefe Abneigung, aber auch seine Angst spürbar. Ich glaube tatsächlich: Hinter seinem Zorn steckt eigentlich Furcht.

Leider schlägt sich Max nicht laut und kämpferisch auf meine Seite. Das würde ich mir nämlich manchmal wünschen. Aber das ist nicht seine Art, dazu ist er viel zu freundlich. Stattdessen versucht er zu vermitteln. Er beteuert den anderen Kindern gegenüber, dass mir die Toten solcher Terrorakte und ihre Angehörigen ebenso leidtun wie ihnen. Und versucht gleichzeitig, mir zu erklären, warum meine Haltung die anderen so sehr erschreckt.

Dafür bin ich ihm dankbar. Denn ich würde mich gerne wieder besser mit allen verstehen und überlege ständig, wie ich es anstellen könnte. Vielleicht könnte ich einmal syrisch für sie kochen? Ich mache mich auf den Weg in unsere Küche, um meine Idee mit einem Erzieher zu besprechen, als mich beinahe der Schlag trifft. Da trabt doch plötzlich so ein Hundevieh schwanzwedelnd auf mich zu. Ein riesiges haariges Tier.

Ekelhaft! Ich hasse Hunde! Sie machen mir Angst. Wenn bei uns in Syrien ein Hund ohne Leine herumläuft, kann man sicher sein, dass er beißt. Dass ich noch nie gebissen wurde, liegt vor allem daran, dass ich schnell und – zumindest was Hunde angeht – extrem vorsichtig bin. Früher waren regelmäßig wütend bellende Hunde hinter uns hergerannt, wenn wir Fußball spielten oder mit den Fahrrädern unterwegs waren. Ich krieg schon Herzrasen, sobald ich so ein haariges Biest sehe. Und in Deutschland sieht man die ja ständig. Bei uns gelten Hunde als unsauber. Haram. Also nicht schmutzig im Sinne von ungewaschen, ein Hund ist rituell nicht rein. Es heißt, dass Engel nicht in Häuser kommen, in denen Hunde leben. Es heißt auch, dass sich der Teufel manchmal in einen schwarzen Hund verwandelt. Für mich bedeutet ein Hund deshalb, dass ich mich sieben Mal waschen muss, wenn er mich berührt. Schon alleine deshalb mache ich einen Bogen um sie, denn sonst bin ich den ganzen Tag mit Waschen beschäftigt. Sogar meine Kleidung muss ich dann sieben Mal waschen, wenn der Hund sie berührt hat.

Ich habe also ein Riesenproblem mit Hunden. Deshalb stürze ich fluchtartig aus dem Raum. Das findet dieser Hund – immerhin kein schwarzer – anscheinend extrainteressant. Denn er trabt nun, weiterhin schwanzwedelnd, hinter mir her ins Wohnzimmer. Offenbar gehört er einer unserer Betreuerinnen, die sofort hinter uns herflitzt, um ihn wieder einzufangen.

»Entschuldige, Abdullah. Magst du keine Hunde?«

Ich schüttele den Kopf. Ein paar der Kinder kichern.

»Er ist aber ganz lieb«, beteuert die Erzieherin noch, ehe sie ihn zurück in die Küche scheucht.

Und ich seufze: Jetzt gibt es hier auch noch einen Hund!

Was mich besonders verwirrt oder – ehrlicher gesagt – verletzt: Die Kinder sind zu dem Hund viel netter als zu mir. Sie spielen mit ihm, streicheln ihn – gut, darauf kann ich verzichten. Aber dieser Hund darf sogar in ihre Zimmer. Für ihn stehen sämtliche Türen offen. Für mich nicht. Ich habe fast das Gefühl, meine Abneigung gegen Hunde treibt die anderen noch weiter von mir weg. Macht den Graben noch tiefer. Nicht dass sie mich offen anfeinden würden. Es ist noch schlimmer:

Sie beachten mich nicht. Wenn sie in der Küche zusammen herumblödeln, tun sie so, als wäre ich gar nicht da. Wenn ich sie auf Deutsch bitte, mir beim Abendessen das Brot zu reichen, reagiert keiner darauf, dass ich plötzlich ihre Sprache spreche. Und wenn ich beim gemeinsamen Schlittenausflug einen wilden Purzelbaum schlage und quietschend vor ihren Füßen lande, lacht keiner mit mir.

Manchmal stelle ich mich einfach daneben, wenn alle draußen spielen. Um ihnen zuzuschauen. Und in der Hoffnung, dass doch mal einer fragen könnte, ob ich nicht mitmachen will. Aber das passiert nie. Ich lache zwar immer, wenn sie lachen – schon weil ich ihnen nicht zeigen will, wie sehr mich ihre Abneigung verletzt. Aber in mir drin fühlt es sich an, als würden kleine Splitterbomben explodieren. Dann tut mir alles weh. Nach außen hin gibt die Abdullah-Fassade trotzdem vor, es sei alles in Ordnung ...

Aber in den nächsten Tagen und Wochen verbringe ich immer mehr Zeit in meinem Zimmer. Es ist mein Rückzugsort. Meine Höhle. Hier schreibe oder telefoniere ich regelmäßig mit meiner Familie oder mit meinen Freunden, die noch in Syrien sind. Einige von ihnen sind inzwischen auch nach Europa aufgebrochen. Zwei der Mohammeds zum Beispiel. Wo sie sind und was aus ihnen geworden ist? Keine Ahnung!

Wenn ich nicht gerade schreibe oder telefoniere, setze ich mich meist an den Schreibtisch und nehme mein einziges Lesebuch. Es heißt: »Das lebendige Buch«. Es ist das Neue Testament. Auf Deutsch. Meine Deutschlehrerin aus Gießen hat es mir geschenkt und ich benutze es seitdem jeden Tag, um die Sprache zu lernen. Jedes Wort, das ich nicht kenne, schlage ich in meinem Wörterbuch nach, das ich mir gleich nach meiner Ankunft von meinem allerersten deutschen Taschengeld gekauft habe. Leider finde ich die gesuchten Begriffe häufig nicht, weil im Text beispielsweise nicht *sprechen* steht, sondern *sprach*. Das macht meine Lernmethode manchmal etwas frustrierend. Trotzdem übe ich jeden Tag. *Jeden!* Ich habe mir dafür einen Zettel an die grellgrüne Wand geklebt. Da steht: 1. Person Nominativ: ich, Genitiv: meiner, Dativ: mir, Akkusativ: mein. 2. Person Nominativ: du ... Weil ich unbedingt möglichst schnell und gut Deutsch lernen möchte. Weil ich mitbekommen will, wovon die anderen sprechen. Denn eines habe ich kapiert: Es ist vor allem die Sprache, die zwischen uns steht. Zwischen mir und den anderen Heimkindern. Wenn ich ihre Sprache besser sprechen würde, könnte ich ihnen besser erklären, wie ich etwas meine. Ich könnte *mich* besser erklären.

Ich seufze. Manchmal herrscht in meinem Bauch absolutes Chaos: Wut. Trauer. Entsetzen. Hilflosigkeit. Einsamkeit. Stärkere Wut. Noch mehr Traurigkeit. Trotz. Gleichgültigkeit. Angst. Und Heimweh. Da stellt es sich dann wieder ein: das Gefühl absoluter Leere. Das Gefühl, nur an einem Ort komplett und glücklich sein zu können: bei meiner Familie in Syrien. Wobei ich an ein Syrien denke, wie es früher, vor mindestens vier Jahren, war. Ich seufze noch einmal, hebe meinen Kopf und sehe aus dem Fenster. In das graue deutsche Novemberwetter. In den Harz. HARZ. Ein Wort wie gespuckt. HARZ!

Wie gerne wäre ich jetzt zu Hause in Rakka. Mit meiner Familie. Mama hätte das Abendessen zubereitet. Und wir würden alle zusammen auf unserem großen weichen Teppich sitzen. Mit Papa. Es gäbe keine Bomben. Und keinen Krieg. Die Luft wäre warm. Und wir hätten einfach unseren Frieden. Zwar einen Frieden unter einem diktatorischen Herrscher. Aber das wäre mir egal. Hauptsache, ich könnte mit meiner Familie zusammen sein. Ich lege meine Arme wie ein Kissen auf den harten Tisch und bette meinen Kopf darauf.

Warum können es mir die Menschen hier nicht ein bisschen leichter machen? Ich möchte doch alles gut machen! Ich möchte doch ihre Sprache lernen und mich an ihre Regeln halten! Ich fühle mich wirklich ungerecht behandelt. Was glauben die Leute bloß? Dass ich aus Langeweile nach Deutschland gekommen bin? Denken sie, dass es angenehm ist, der Einzige in diesem Heim zu sein, der an den Besuchstagen garantiert niemals Besuch bekommt? Wissen sie, wie es ist, wenn einen jeden Tag die grausamen Erinnerungen aus Syrien quälen? Die Bilder von meinem toten Vater? Wissen sie, dass ich in meinen Träumen vor schießenden Männern davonlaufe? Haben sie je darüber nachgedacht, wie es ist, wenn man in seiner Heimat jeden Tag Bombenangriffen ausgesetzt ist?

Es ist wirklich deprimierend. Ich – wie wahrscheinlich die meisten meiner Landsleute – wäre tausend Millionen Mal lieber in Syrien geblieben, anstatt nach Deutschland zu fliehen und in diesem Heim zu leben. Ich hätte hundert Millionen Mal lieber wie geplant mein Abi gemacht, um danach ganz normal zu studieren. Wie meine Eltern. Wie meine Brüder. Wie es für mein Leben vorgesehen war. Stattdessen soll ich nun irgendeinen Abschluss in einer Sprache machen, in der ich bislang gerade einmal das Nötigste mitteilen kann.

Ich habe davon geträumt, Pilot zu werden. Oder Arzt wie meine ältesten Brüder. Vielleicht auch Apotheker. Aber all das ist plötzlich unerreichbar, denn der Krieg hat mir alles genommen: meine Familie, meine Freunde, meine Ausbildung und damit meine Zukunft. Ich kämpfe wirklich jeden Tag dagegen an, unglücklich zu sein oder den Mut zu verlieren. Denn das würde alles nur noch schlimmer machen. Stattdessen versuche ich, dankbar zu sein für jede Möglichkeit, die sich mir bietet, ich will optimistisch bleiben und das Beste aus meiner Situation machen. Deshalb lerne ich fleißig Deutsch. Ich will so schnell wie möglich in eine ganz normale deutsche Klasse wechseln. Ich gebe mir wirklich Mühe. Warum bin ich hier trotzdem so ungewollt? Allenfalls geduldet. Warum nicht willkommen?

Max tröstet mich dann immer: »Die beruhigen sich schon. Du wirst sehen, bald fühlst du dich hier wie zu Hause.«

Leider irrt er. Stattdessen wird es erst einmal noch

schlimmer. Vor allem nach Silvester. Silvester 2015/2016. Da kommt es in Köln zu erschütternden Übergriffen. Flüchtlinge sollen Frauen in die Enge getrieben, sexuell missbraucht und ausgeraubt haben. Die BILD schreibt vom »Albtraum in der Silvesternacht«. Und weiter: »Männer nutzten das Getümmel um den Kölner Dom, um Frauen sexuell zu belästigen und auszurauben! Über 30 Opfer haben bereits Anzeige erstattet!«

Inzwischen ist mein Deutsch so gut, dass ich an den Zeitungskiosken die Schlagzeilen lesen und begreifen kann. Dadurch bin ich nun vorbereitet! Ab sofort weiß ich wenigstens, warum die Frauen plötzlich die Straßenseite wechseln, wenn ich ihnen mit meinen Klassenkameraden entgegenkomme. Und ich muss der BILD recht geben: Es ist tatsächlich ein Albtraum. Vor allem für die bemitleidenswerten Frauen. Aber gleichzeitig auch für jeden einzelnen Flüchtling in Deutschland, der nichts mit diesen Übergriffen zu tun hat. Denn prompt werden wir alle wieder in Sippenhaft genommen. Haben die Frauen bislang vor allem geguckt, ob wir Waffen oder Sprengstoffwesten tragen, geraten sie nun beinahe in Panik, wenn wir zu ihnen in den Fahrstuhl steigen oder uns im Bushäuschen neben sie stellen. Ich versuche dann meist, so zu tun, als würde ich es nicht bemerken, gebe den lustig-freundlichen UmF. Das ist ja ohnehin meine Taktik: einfach gute Laune verbreiten und so tun, als wenn nichts wäre. Aber mal ehrlich: Besonders erfolgreich bin ich damit nicht. Einmal geht dieser Versuch sogar komplett nach hinten los.

An einem kühlen Januarmorgen hebe ich zur Begrüßung den rechten Arm, als ich die Küche betrete. Es ist als Scherz gemeint. Weil unser Präsident Assad sein Volk so begrüßt hat. Die Kinder starren mich entsetzt an. Und ich wundere mich. Schließlich habe ich nach drei Monaten in Deutschland keine Ahnung, dass diese Geste auch hier eine Bedeutung hat. Weil nämlich Neonazis sie benutzen. Weil Adolf Hitler früher genauso gegrüßt hat wie heute unser syrischer Präsident – den rechten Arm hoch in die Luft gestreckt.

Wahrscheinlich denken meine Mitbewohner jetzt, dass der Syrer komplett verrückt geworden ist! Am Abend muss ich dann zu Christa zum Gespräch.

»Warum zeigst du denn den Hitlergruß?«, fragt sie streng.

Und ich muss ihr erst einmal erklären, dass ich lediglich wie ein Präsident grüßen wollte. So wie unser Präsident immer grüßt. Ich zeige ihr auch Videos im Internet, auf denen Assad in dieser Pose zu sehen ist. Christa versteht. Und noch viel wichtiger: Sie glaubt mir.

Nur die anderen Heimkinder machen seitdem einen noch größeren Bogen um mich. Und ich weiß nicht, wie ich mit ihnen ins Gespräch kommen soll. Beim Abendessen sitzen sie alle da wie Ritter in ihren Rüstungen. Unerreichbar. Manchmal klopfe ich einfach neben irgendjemanden auf den Tisch und rufe: »Hallo!«

Dann legt der Hund seinen Kopf schief, die Kleineren kichern sogar ein bisschen in sich hinein – nur die Großen verziehen keine Miene. Bis auf Max. Der schmeißt sich jedes Mal weg. Und einige Betreuer schmunzeln.

Einmal stelle ich Tim ein Bein. Nur ganz vorsichtig. Nicht damit er stürzt, sondern einfach, um einen kleinen Spaß mit ihm zu machen. Ich denke: Lachen ist wie Fußball – in allen Sprachen gleich. Lacht doch mit mir!

Stattdessen pflaumt er mich bloß an: »Spinnst du?!«

Und alle Umstehenden schütteln vorwurfsvoll den Kopf. Keiner versteht, dass mir einfach das Werkzeug fehlt, um richtig mit ihnen in Kontakt zu treten: ihre Sprache. Ich kann inzwischen zwar nach dem Brot, dem Wetter oder dem nächsten Ausflug fragen. Aber noch fehlt mir das Umgangssprachliche. Das Witzig-sein-Können. Aber immerhin habe ich wieder zwei neue Wörter gelernt, die garantiert nicht in meinem Bibelbuch stehen. In dieser Richtung wird mein Wortschatz immer größer: »Hau ab!«, »Lass das!«, »Mann, du nervst!«

Also ändere ich meine Taktik. Ich versuche, nicht mehr lustig zu sein, sondern besonders freundlich und hilfsbereit. Als Julia an einem der ersten warmen Frühlingstage krank im Bett liegt, halte ich es für eine gute Gelegenheit, ihr zu zeigen, wie nett ich bin. Als alle anderen draußen die ersten warmen Sonnenstrahlen genießen, bringe ich ihr auf einem Tablett Tee und ein paar Kekse ins Zimmer. Voller Hoffnung, dass sie sich über meine nette Geste freuen wird.

Doch das tut sie nicht!

Erst schaut sie mich überrascht, dann wütend an. Und schließlich deutet sie wortlos mit der Hand in Richtung Tür. Fehlt nur noch, dass sie knurrt und die Zähne fletscht. Warum? Das war wirklich nur lieb gemeint. In Syrien ist es üblich, dass man sich um die Kranken kümmert. Aber hier erwartet man konsequent nur Schlechtes von mir. Es ist wirklich frustrierend.

Dass ich nicht komplett den Mut verliere, liegt vor allem an Max, meiner Familie, die mir übers Telefon immer wieder gut zuredet, und daran, dass auch wirklich tolle Sachen passieren. Meine Noten sind so gut, dass mein Lehrer Herr Schneider überzeugt davon ist, dass ich – nach meinem Hauptschulabschluss am Ende des Schuljahres – mit etwas Fleiß tatsächlich in die Realschule wechseln kann und im Anschluss vielleicht sogar das Abitur schaffe. Bei dem Gedanken daran macht mein Herz sofort wieder einen kleinen Hüpfer. Auch wenn ich mich erinnere, wie sehr sich meine Mama über diese Aussicht gefreut hat. »Und du sprichst wirklich schon so gut Deutsch?«, hat sie mindestens dreimal ungläubig nachgefragt. »Nach nur sechs Monaten?«

Sie konnte es gar nicht glauben. Schließlich gilt Deutsch als schwierige Sprache.

»Ja, wirklich«, habe ich ihr auf Deutsch geantwortet und wir haben gelacht. Ich wünschte, sie wäre hier! Dann wäre alles ein wenig leichter.

Mit einem tiefen Seufzer verlasse ich am nächsten Morgen das Haus. Ein kalter Wind schlägt mir entgegen. Kaum zu glauben, dass es gestern noch so sonnig war! Aprilwetter nennen die Deutschen das. Und ich stelle fest: Sogar das Wetter ist meistens garstig in Deutschland. Zumindest seit ich hier bin, ist es fast immer nur kalt. Kalt und nass. Ekelhaft. Ich schlage den Kragen meines Mantels ein bisschen höher und beeile mich, damit ich pünktlich zum Unterricht erscheine.

Max liegt leider krank im Bett, sonst wären wir zusammen losgegangen. Ich werfe noch einen letzten Blick auf unser Wohnhaus und zum Fenster von Max' Zimmer, dann setze ich meine Kopfhörer auf. Zur Ablenkung. Und weil mir das Wetter dann gleich ein bisschen weniger ungemütlich erscheint. Ich liebe Musik und freue mich, dass ich hier in Deutschland – anders als in Syrien – hören darf, was mir gefällt. Die angesagten internationalen Charts.

Mit Bruno Mars im Ohr flitze ich zu meiner Schule. Ein ganz normaler Tag. Denke ich. Bis ich am Nachmittag wieder zurück ins Heim komme. Christa scheint schon auf mich gewartet zu haben. »Abdullah, kommst du mal bitte?«

Mit einem unguten Gefühl folge ich ihr ins Büro. Sie guckt so ernst. Mein Herz schlägt in böser Vorahnung gleich ein paar Takte schneller und ich fange an, nervös meine Hände zu kneten. Was hat sie denn?

»Lara hat sich bei mir beschwert«, sagt sie.

In meinem Gehirn beginnt es zu rattern. Worüber denn? Ich überlege, ob ich sie womöglich beim Abendessen geärgert habe. Aber mir fällt nichts ein.

»Sie sagt, du hättest in ihr Zimmer geschaut, als sie sich gerade umgezogen hat«, setzt Christa ihre ungemütliche Ansprache fort.

Nun ziehe ich überrascht die Augenbrauen hoch. »Ich habe was?«, echoe ich. Zuerst verstehe ich gar nicht, was Christa von mir will.

»Du hast durch das Fenster in Laras Zimmer geschaut.«

Energisch schüttele ich den Kopf. »Nein, nein, nein!«

Was soll das denn jetzt wieder? Dabei verstehe ich schon, in welche Richtung das gehen soll. Ich kenne diesen Generalverdacht. Mal abgesehen davon, dass wir alle heimlich Bomben basteln, stürzen wir uns auch völlig unkontrolliert auf jedes weibliche deutsche Wesen. Aber Entschuldigung mal: Ich bin ja kein wildes Tier. Ich kann schließlich denken! Meine Eltern haben mir durchaus beigebracht, wie man sich benimmt – und wie eben nicht. Mir ist also bewusst, dass so ein abstoßendes Verhalten Konsequenzen nach sich ziehen würde. Dabei versuche ich doch gerade, in dieser Gemeinschaft aufgenommen zu werden. Da wäre so eine Aktion ja geradezu bescheuert. Mal ganz abgesehen davon, dass ich großen Respekt vor anderen Menschen habe. Denn auch dazu haben meine Eltern mich erzogen. Und ich würde niemals, ich wiederhole: niemals!, bei einem zwölfjährigen Mädchen ins Zimmer schauen, wenn es sich gerade umzieht. Weil es sich nicht gehört und weil es mich obendrein nicht einmal interessiert. Deshalb rufe ich fast wütend: »Ich habe bei niemandem ins Zimmer geschaut!«

Christa kneift ihre Augen zusammen. Sie schaut mich prüfend an. Schließlich entscheidet sie sich wohl, mir zu glauben, und entlässt mich aus dem Büro.

Ich fühle mich trotzdem elend, als ich nach oben in mein Zimmer gehe. Was denken die denn alle von mir? Und was erzählt Lara für einen Quatsch? Ich bin schließlich nicht bei Affen groß geworden. Hinter irgendeinem Busch. Ich habe in meinen inzwischen 17 Lebensjahren vermutlich mehr Liebe, Aufmerksamkeit und Erziehung genossen als jeder andere Heimbewohner hier. Da hätte ich mich eher noch vor Laras Zimmer gestellt, um aufzupassen, damit kein anderer reinschaut.

Ich schüttele den Kopf. Für mich wird die Situation hier immer unangenehmer. Immer feindseliger und ungemütlicher. Das geht so nicht weiter! Aber was soll ich machen? Ich kann ja schlecht ausziehen. Wo soll ich dann hin? Außerdem bin ich doch froh, dass mein Leben nun endlich wieder in normalen Bahnen verläuft. Dass ich in Sicherheit bin. Dass ich zur Schule gehen und auf dem Weg dorthin sogar Musik hören kann. Mir könnte es so gut gehen! Das alles werde ich nicht einfach so hinschmeißen, nur weil ein paar Kinder keine Lust auf mich haben. Deshalb beschließe ich: Wenn sich meine neuen Mitbewohner nicht von alleine die Mühe machen wollen, mich kennenzulernen, dann muss ich sie eben irgendwie dazu bringen. Jetzt muss ich mir nur noch überlegen, wie ich das anstellen könnte.

Eineinhalb Jahre bis zur Flucht

Die Vereinten Nationen befürchten eine Hungersnot in Syrien, sollte sich der Bürgerkrieg wie bisher fortsetzen. Schon jetzt bekommen vier Millionen Menschen – ein Fünftel der Bevölkerung – nicht ausreichend Nahrung, wie aus einem UNO-Bericht vom Freitag hervorgeht.

Spiegel Online/Reuters, 5. Juli 2013

Mit 14 sollte ich mir einen Job suchen. Papa wollte das. »Ich finde es wichtig, dass jeder von uns eine sinnvolle Aufgabe hat und zum Wohl der Familie beiträgt«, argumentierte er. Ich fand seine Idee gleich gut. Es war wirklich nur in den ersten Wochen schön, nicht zur Schule zu gehen. Danach wird es furchtbar langweilig. Zwar erteilte mir meine Mutter weiterhin Einzelunterricht, aber der dauerte natürlich nicht den ganzen Vormittag. Schon alleine weil Raghad nach spätestens einer Stunde anfing zu murren, wenn Mama sich nicht mit ihr beschäftigte. Zu Beginn unseres Unterrichts saß sie meist noch brav neben uns und malte. Doch bald wurde ihr langweilig. Dann bat sie mich, ihr irgendwelche Drachen, Einhörner oder Häuser aufs Papier zu zeichnen. Mama schickte sie dann streng in ihre Puppenküche. Aber auch dort beschäftigte sich Raghad nicht besonders ausdauernd alleine. Insgesamt fand ich den Einzelunterricht sehr viel anstrengender als normalen Schulunterricht. Er war intensiver – gleichzeitig fiel es mir schwer, mich zu konzentrieren, wenn Raghad ein Schlaflied für ihre Puppe sang, während ich kniffelige Matheaufgaben lösen sollte. Zumal ich wusste, dass draußen schon meine Freunde auf mich warteten. Ich hörte sie manchmal auf der Straße jubeln, wenn einer von ihnen ein Tor geschossen hatte. Dann sah ich mit bittendem Blick meine Mutter an, die unbeeindruckt mit ihrem Stift auf mein Heft klopfte. »Weitermachen!« Ich seufzte und fügte mich meinem Schicksal. Wenn ich nach zwei bis drei Stunden endlich rauskam, weil Raghad überhaupt keine Ruhe mehr geben wollte, saßen meine Freunde oft schon schlapp am Boden und malten ihre Namen in den Sand. Ich musste sie dann erst einmal überzeugen, noch eine Runde mit mir zu spielen.

Unser Leben war seit Kriegsbeginn aufreibender, aber gleichzeitig auch langweiliger geworden. Fußballspielen macht zwar Spaß, wenn man aber nichts anderes mehr zu tun hat, lässt die Freude daran doch ein wenig nach. Und mit unseren Rädern trauten wir uns kaum mehr aus unserer Straße heraus. Wegen der Soldaten, die inzwischen nicht mehr freundlich und aufgeschlossen, sondern fahrig und aggressiv waren. Das machte vermutlich der Tod, der inzwischen permanent auf sie lauerte und einen nach dem anderen mit sich nahm. Auch wir hatten Angst vor den Scharfschützen und Bombenanschlägen, bei denen immer wieder Zivilisten ums Leben kamen. Wir blieben deshalb lieber in der Nähe unserer Familien. Zumal neuerdings beinahe täglich Luftangriffe geflogen wurden. Zwei meiner Freunde waren dabei bereits ums Leben gekommen – glücklicherweise nicht aus meinem engsten Kreis. Dementsprechend war ich jedes Mal erleichtert, wenn ich nach einem Luftangriff Omar, die drei Mohammeds und alle anderen Jungs aus meiner Clique auf der Straße entdeckte. »Diesmal war es ganz knapp!«, begrüßte mich Omar einmal schon von Weitem. »Die Bombe ist in unser Nachbarhaus reingedonnert. Das hat gescheppert!«, schilderte er aufgeregt den Moment des Einschlags. »Alle Scheiben sind zersprungen. Ich dachte, unser Haus stürzt ein.« Der Schock saß tief. Zumal die Nachbarn nur tot unter den Trümmern geborgen werden konnten. Hätte der Bomberpilot den Zünder nur eine Millisekunde früher gedrückt, hätte es meinen Freund erwischt.

Fanden wir den Krieg anfangs noch spannend und aufregend, fühlten wir uns jetzt nur noch gestresst. Von der zertrümmerten Stadt, von dem eingeschränkten Leben, von der permanenten Todesangst. Zeitgleich ging der ganz normale Alltag weiter: Ich musste lernen, bekam Schnupfen, hatte Hunger und Durst, bekam Husten oder brauchte Kleidung. Wir benötigten Haushaltsgegenstände, Stoff vom Basar, Geld von der Bank ... Was die ärztliche Versorgung anging, hatte meine Familie ja noch Glück: Walid konnte uns alle sehr gut behandeln, weil er im Studium schon relativ weit war und bereits seit Monaten nebenher im Krankenhaus, beim Arzt oder im Rettungswagen arbeitete. Er versorgte uns also mit Spritzen, wenn wir einen Magen-Darm-Infekt hatten, behandelte unseren Husten oder unsere Ohrentzündungen. Er kümmerte sich übrigens auch um sämtliche Nachbarn und entfernte Verwandte. Ich war richtig stolz auf meinen großen Bruder. Er war der Held unseres Viertels. Das katapultierte den Arztberuf auf meiner »Was ich mal werden will«-Liste wieder ganz nach oben. Umso mehr deprimierte es mich, dass dieser Wunsch für mich etwa ebenso unerreichbar war wie Delfintrainer in Kalifornien oder Yogatrainer auf Goa. Papa schlug vor, mich stattdessen in einer Apotheke zu bewerben. »Das hat doch auch mit Heilen und Helfen zu tun«, versuchte er, mich zu überzeugen. Und nachdem ich eine Nacht darüber geschlafen hatte, fand ich, dass mein Vater eigentlich recht hatte. Dann wurde ich eben Apotheker! Gleich am folgenden Morgen stapfte ich in die nächstgelegene Apotheke, um mich vorzustellen. Aber ich musste gar nicht viel sagen. Der Apotheker schien beinahe auf mich gewartet zu haben. »Das ist eine großartige Idee! Wann kannst du anfangen?« Ich glaubte erst, mich verhört zu haben. »Wirklich?«, vergewisserte ich mich deshalb. Der Apotheker lachte und sagte: »Ich bin froh, wenn mir ab und zu jemand im Laden und im Lager hilft.« Ich grinste. Ich hatte meinen ersten Job!

Nun hatte ich natürlich den Vorteil, dass unsere Familie in unserem Viertel einigermaßen bekannt war.

Weil meine Mama Schulleiterin, mein Papa der Elektroreparaturkönig und mein Bruder sozusagen Arzt war. Stolz marschierte ich zurück nach Hause, um von meinem großen Erfolg zu berichten. Mama wartete schon aufgeregt auf mich. Aber nicht wegen meines ersten Bewerbungsgesprächs, sondern weil sie von ihrer Schwester erfahren hatte, dass Kinder in Aleppo ihre Schulprüfungen nachholen konnten. »In Aleppo?«, rief ich entsetzt. Das lag locker 200 Kilometer von uns entfernt! Trotzdem fanden alle anderen aus der Familie die Idee großartig. Als das Thema beim Abendessen kurz aufkam, war die Fahrt sofort beschlossene Sache. Ohne Diskussion! Meine Familie unterhielt sich bereits über die heutigen Bombeneinschläge in der Innenstadt, als ich noch über die anstehende Reise nachdachte. Früher war die Fahrt von Rakka nach Aleppo natürlich ein Klacks gewesen. Aber jetzt? Im Krieg? 200 Kilometer – das entspricht ungefähr der Strecke von Hannover nach Dortmund. Oder von Hamburg nach Rostock. Von Berlin nach Dresden. Und das nur, um eine Schulprüfung abzulegen? Zumal es in Aleppo inzwischen ebenso unruhig war wie bei uns. Auch dort schien sich der IS durchzusetzen. Im Fernsehen hatten wir gesehen, wie sie mit ihren schwarz-weißen Fahnen auf Pickups durch die eroberten Straßen der Stadt bretterten. Überhaupt schienen sie im Norden immer mehr Macht zu erlangen. Man konnte auf der Karte verfolgen, wie sich ihr Einflussbereich langsam ausbreitete ... Auf mich wirkte schon ihr Auftreten einschüchternd. Dieses

Laute. Bestimmende. Sie schienen sich absolut sicher zu fühlen. Wo sie das Sagen hatten, spazierten diese Männer selbstbewusst und schwer bewaffnet durch die Einkaufsstraßen und befahlen den Ladenbesitzern, ihre modernen Frauenkleider aus den Schaufenstern zu räumen. Zwar durften sie die weiterhin im Geschäft verkaufen, aber auf keinen Fall draußen ausstellen. Wir hörten von Frauen, die gesteinigt wurden, weil sie ohne Kopftuch unterwegs gewesen waren. Und wer beim Diebstahl erwischt wurde, dem wurde die Hand abgeschlagen. Es klang barbarisch. Wie eine Reise zurück ins düsterste Mittelalter. Mir waren diese Leute höchst unheimlich. Dementsprechend wollte ich ihnen am liebsten nicht begegnen. Womöglich gefiel ihnen meine Kurzhaarfrisur nicht! Sie schrieben schließlich auch vor, dass Männer Bärte und längere Haare tragen sollten. Hatte ich zumindest gehört. Trotzdem behielt ich meine Bedenken für mich. Zumal alle anderen aus der Familie dieses Thema schon längst abgehakt hatten. Außerdem wollte ich meine Eltern auf keinen Fall enttäuschen. Sie waren doch so stolz auf uns! Vor allem auf Walid. Neben der ärztlichen Versorgung von uns und unserer Nachbarschaft kümmerte sich mein ältester Bruder neuerdings auch noch um ein Internetcafé, das er gerade eröffnet hatte. Meine Brüder Ahmed und Ali fuhren als Sanitäter Einsätze im Krankenwagen und Omran arbeitete mit Holz, reparierte Möbel oder schreinerte neue. Jeder verdiente Geld dazu, sodass es unserer Familie weiterhin gut ging. Auch ich würde demnächst in der Apotheke arbeiten. Deshalb fragte ich mich bis zum Morgen vor unserer geplanten Abreise, ob es das wirklich wert war: für einen Schulabschluss einmal quer durch unser vom Bürgerkrieg gebeuteltes Land bis nach Aleppo zu reisen. Zu Hause fühlten wir uns zwar auch nicht sicher, aber immerhin waren wir als Familie zusammen. Papa schien meine Gedanken zu lesen. Er bekam immer alles mit. Als ob er direkt in unsere Herzen schauen könnte. Deshalb nahm er mich in den Arm und erklärte: »Abdullah, wir müssen vertrauen – ganz egal, ob wir zu Hause in unseren Betten liegen oder in den Bus nach Aleppo steigen.« Mama klang ganz ähnlich. »Wir haben es nicht in der Hand«, flüsterte sie noch einmal beim Abschied. Dabei kullerten ihr die Tränen übers Gesicht. Abschiede waren ihr schon immer schwergefallen. Seit Kriegsbeginn war es noch schlimmer geworden, schließlich wusste man nie, ob wir uns alle wiedersehen würden ...

Aber obwohl alle meine Familienangehörigen sich mehrfach gegenseitig versichert hatten, dass eine Reise nach Aleppo kaum riskanter war als unser normaler Alltag in Rakka, merkte ich doch, dass auch Mama aufgeregter war als sonst. Im Bus sprang ihr Blick unruhig hin und her, als würde sie permanent unsere komplette Umgebung scannen. Dabei hockte sie auf unserer Sitzbank, als säße sie auf einem stacheligen Fakirbrett. Ich drückte mir am Fenster die Nase platt. Ich war schon ewig nicht mehr durch unsere Stadt gefahren und stellte entsetzt fest, wie stark zerstört manche Viertel waren. Ein paar kleinere Straßen waren überhaupt nicht mehr befahrbar, die Häuserfassaden komplett zerschossen. Auf den – ehemaligen! – Fahrbahnen türmten sich Bautrümmer, Möbelreste, Steine, Holz, Klamotten, Decken, kaputte Spielsachen, alles durcheinander. Der Schutt lag mindestens zwei Meter hoch. Es war furchtbar! Und mitten in diesem Chaos lag Papas kleine Werkstatt. Dass er es überhaupt jeden Tag hierherschaffte ...

Dann erreichten wir die erste Straßenkontrolle. Meine Mutter senkte ängstlich den Blick. Erst nachdem jeder Insasse seinen Ausweis und sein Gepäck vorgezeigt hatte, winkten die bewaffneten Kämpfer unseren Bus weiter. Bis zur nächsten Kontrolle. Und die fand bereits ein paar Straßenzüge weiter statt. Denn jede Gruppe kontrollierte jedes Fahrzeug, das in ihre Zone einfuhr – schließlich wollte sie verhindern, dass gegnerische Rebellen in ihr Gebiet eindrangen. Obwohl wir eigentlich nichts zu befürchten hatten, war das jedes Mal aufregend. Wer wusste schon, wie diese Typen tickten? Es kursierten Gerüchte von entführten Frauen und Männern. Gerüchte. Etwas Genaues wusste keiner. Trotzdem atmeten sämtliche Fahrgäste jedes Mal erleichtert auf, wenn die abgekämpft wirkenden Rebellen unseren Bus wieder verließen. Doch je weiter wir kamen, desto seltener wurden die Kontrollen. Offenbar hatten die Rebellengruppierungen am Stadtrand deutlich größere Gebiete besetzt als im Inneren Rakkas.

Als wir endlich den Euphrat überquerten, änderte

sich das Bild urplötzlich. Hier sah die Landschaft so aus wie immer. Ruhig und breit floss der Fluss dem Persischen Golf entgegen. An einem seiner Ufer entdeckte ich einen Hirten, der dort mit seinem Esel und seiner Schafherde unterwegs war. An einer beliebten Badestelle parkten ein paar Autos. Die Erwachsenen standen auf einem schmalen Sandstreifen, die Kinder planschten fröhlich im Wasser. Fast so als wäre kein Krieg. Ich drehte mich zu Mama um, die sich ebenfalls entspannte und mit einem sanften Lächeln nach draußen blickte. Auch sie genoss diesen friedlichen Ausblick, die Normalität im Bürgerkrieg. Es war ein kurzer Augenblick der Freude auf einer aufreibenden Reise.

Denn immer wieder wurden wir von Soldaten kontrolliert, Pick-ups mit bewaffneten Männern rasten an uns vorbei. In sämtlichen Städten, selbst in den kleineren Ortschaften zeugten Häuserruinen von erbitterten Kämpfen. Als wir Aleppo erreichten und an seinem berühmten Basar vorbeifuhren, zuckte Mama richtig zusammen. Von seiner ursprünglichen Pracht war nichts geblieben. Wir starrten in ein schwarz verkohltes Loch. Vor seiner Zerstörung zählte dieser Basar zum Weltkulturerbe. Hier hatten wir früher alles eingekauft: Weine, Öle, Kleidung, Taschen, Gewürze. Dieser Basar soll der schönste in der gesamten islamischen Welt gewesen sein. Nun war er nur noch eine abgebrannte Ruine.

Wir waren erschüttert. Aleppo war kaum wiederzuerkennen. Dabei kannten wir diese Stadt gut, weil wir hier Verwandte hatten, die wir früher häufiger besucht hatten. Eine Schwester von Mama. Und mehrere Cousinen. Sie holten uns gemeinsam vom Bus ab und es war wirklich bewegend, sie alle wiederzusehen. Wir hielten uns lange in den Armen. Viel länger, als ich es als 14-Jähriger normalerweise zugelassen hätte. Aber wir alle empfanden es beinahe als Geschenk, uns in diesen Zeiten unversehrt zu begegnen. Wie viele syrische Familien hatten bereits mehrere Tote zu beklagen! Wir waren bislang verschont geblieben. Bislang!

Leider sollte sich das bald ändern ...

Nur einen Tag später schien dieser Zeitpunkt bereits gekommen. Ich saß in einer fremden Schule, um meine Abschlussprüfung abzulegen, da donnerte plötzlich ein Hubschrauber über uns hinweg. Atemlos starrten wir aus dem Fenster in den blauen Himmel. Schließlich wussten wir alle, was nun folgte. Kurz darauf tauchte er auf: der Flugzeugbomber. Ich war mir sicher: Jetzt ist es vorbei. Es war unglaublich. Ich konnte genau beobachten, wie die Bomben langsam der Erde entgegenflogen. Eine nach der anderen. Direkt in unsere Richtung.

In dem Augenblick, als der Kampfflieger direkt über unsere Köpfe hinwegflog, schrien alle aufgeregt durcheinander. Jeder fürchtete den Einschlag. Tatsächlich gab es eine gewaltige Erschütterung. Eine der Bomben war direkt vor der Schule eingeschlagen. Sie hatte uns nur ganz knapp verfehlt. Wir alle wurden ganz still. Ein paar Mädchen weinten. Doch unmittelbar nach diesem Schockmoment drängten uns unsere Lehrer, mit den Tests fortzufahren. Das Leben ging weiter ...

Auch in Aleppo gehörte der Krieg zum Alltag. Diesbezüglich ging es meiner Familie in Aleppo kein bisschen besser als uns in Rakka. Doch obwohl ich diese ständige Angst von zu Hause kannte, fühlte sie sich hier anders an: bedrohlicher – auch wenn das objektiv natürlich keinen Sinn machte. Ich wollte unbedingt nach Hause. Wenn schon sterben, dann bitte im gewohnten Umfeld! Deshalb war ich unendlich erleichtert, als wir zwei Wochen später endlich schwer bepackt zurück nach Rakka aufbrachen. Die Ergebnisse meiner Prüfung sollten uns zugeschickt werden. Aber ich war mir sicher, dass ich bestanden hatte. Und obwohl beim Abschied von unseren Verwandten wieder alle fürchterlich weinten, überwog bei mir doch die Vorfreude auf zu Hause. Auf Papa. Auf Raghad. Auf meine Brüder. Meine Freunde. Mein Fahrrad und meinen Fußball. Auf mein Bett. Unsere Zisterne. Unseren ganz normalen Familienalltag. Und natürlich: auf meinen Job in der Apotheke.

»Hoffentlich hat der Apotheker es sich in der Zwischenzeit nicht anders überlegt«, äußerte ich meine Bedenken, während sich Mama im Bus neben mir ihre Tränen trocknete und sich den Hals verrenkte, um ihre Schwester und ihre Cousinen noch so lange wie möglich im Auge zu behalten. Als sie sich endlich zu mir umdrehte, schniefte sie: »Ich freue mich jetzt auch auf zu Hause.« Mehr nicht. Ich schaute zu ihr rüber und musste schmunzeln. Mama lächelte zurück. Weder hatte sie mir zugehört, noch sah sie nach großer Vorfreude aus. Trotzdem war klar, dass es ihr so ging wie mir: Sie fühlte sich nur komplett, wenn wir alle zusammen waren.

Deshalb glich unser Frühstück am nächsten Morgen beinahe einem Fest. Wir redeten alle aufgeregt durcheinander und waren einfach glücklich, dass die zwei Wochen um und geschafft waren. Papa hatte extra Augeneier, also Spiegeleier, gebraten. Dazu gab es – natürlich – Oliven, arabisches Brot, süße Mandelschnitten und Berge von Früchten. Ich hatte keinen großen Hunger, weil ich ein wenig aufgeregt war. Immerhin fing ich heute meinen neuen Job als Apotheker an. Papa lachte mich an. »Das wird bestimmt gut«, munterte er mich auf, obwohl ich keinen Mucks über meine Aufregung verloren hatte. Ali grinste: »Da haben wir uns ja alle boomende Branchen ausgesucht.« Zufrieden schob er sich eine Olive in den Mund. Darüber hatte ich noch gar nicht nachgedacht. Aber er hatte recht: In Kriegszeiten waren Internetcafés, Sanitäter, Möbelrestaurierer und natürlich auch Apotheker ziemlich gefragt. Papas Augen strahlten. Ihm war sein Stolz auf seine geschäftstüchtigen Söhne mal wieder anzusehen. Und mir wurde richtig warm im Bauch, weil ich mich so freute, ab sofort ebenfalls etwas dazu beitragen zu können, dass unsere Familie an einem ganz normalen Wochentag Augeneier, Oliven, Mandelschnitten und Obst essen konnte. Einfach so.

Was für ein Geschenk!

Darum strengte ich mich wirklich an, damit mein

neuer Chef in der Apotheke mit meiner Arbeit zufrieden war. Abends saß ich oft noch lange nach Feierabend auf einem Hocker im Lager und studierte die Beipackzettel der unzähligen Medikamente. Schließlich wollte ich nicht jedes Mal meinen Chef fragen müssen, wenn die Leute nach einem Mittel gegen Brechdurchfall oder Halsschmerzen verlangten. Und so dauerte es tatsächlich nicht lange und ich konnte meine Kunden relativ eigenständig beraten. Jeder aus meiner Umgebung hätte nun ganz selbstverständlich behauptet: Der Abdullah ist jetzt Apotheker. Auch wenn ich noch keine 15 Jahre alt war – und kein offizielles Apothekerdiplom oder eine andere Urkunde in der Tasche hatte. Das bedeutete allerdings nicht, dass Abschlüsse bei uns überhaupt keine Rolle spielten. Studieren würde ich zum Beispiel niemals dürfen. Dafür braucht man auch in Syrien das Abitur. Zwischendurch überkam mich immer wieder der Frust darüber, dass ich keine Chance hatte, es zu machen. Zwar hatte ich tatsächlich meine Schuljahresabschlussprüfung in Aleppo bestanden. Sogar mit guten Noten. Aber das war es dann auch mit Schulbildung.

Deshalb meinte Walid irgendwann beim Essen zu meinen Eltern: »Abdullah muss raus aus Syrien. Nach Schweden. Oder Deutschland. Damit er eine gute Ausbildung bekommt.« Mama ging gar nicht darauf ein. Stattdessen fragte sie in die Runde: »Mag noch jemand Brot?« Für sie war es schlicht unvorstellbar, eines ihrer Kinder wegzuschicken. Papa wiegte einen Moment unentschlossen seinen Kopf, wiederholte dann aber, was er meist sagte, wenn es um dieses Thema ging: »Die Reise ist zu gefährlich!« Dabei machten sich inzwischen jeden Tag unzählige Syrer auf den Weg. Ich hatte während der kurzen Unterhaltung aufgehört zu kauen. Nach Europa zu fliehen, klang für mich nach einem bedrohlichen Abenteuer – und ich war mehr als erleichtert, dass es offenbar nicht stattfinden würde. Zwar liebte ich Abenteuer. Aber ich hing sehr an meinem Leben ...

Wobei sich leider auch das Leben in Rakka immer mehr zu einem bedrohlichen Abenteuer entwickelte. Der IS hatte die Freie Syrische Armee inzwischen geschlagen und die anderen Rebellengruppen weitestgehend vertrieben. Laut jubelnd und schwer bewaffnet fuhren sie auf ihren Pick-ups durch unsere Stadt, schossen mit ihren Gewehren in die Luft, und wer es bis dahin noch nicht verstanden hatte, der wusste spätestens jetzt: In unserer Stadt gab es neue Machthaber. Und mit denen war nicht zu spaßen!

Beinahe jeden Tag erreichten uns irgendwelche Horrornachrichten. So wurde zum Beispiel ein katholischer Geistlicher verschleppt. Ein Geistlicher! Dabei hatten wir jahrelang friedlich mit den Christen zusammengelebt. Kurz darauf strichen die islamischen Kämpfer auch noch die christlichen Kirchen schwarz und funktionierten sie in Islamcenter um. Wer Christ war, musste entweder verschwinden oder eine hohe Steuer zahlen. Schließlich lautete das Ziel, einen großen islamischen Staat zu schaffen. Und da brauchte man keine »Ungläubigen« ...

Muslimische Frauen durften nur noch verschleiert auf die Straße. Und die Stoffe ihrer Abayas, also ihrer bodenlangen Kleider, mussten dick genug sein, dass man auf keinen Fall auch nur erahnen konnte, was die Frauen unter ihren Gewändern trugen. Die IS-Leute reglementierten alles. Und permanent fuhren sie Patrouille, um zu kontrollieren, ob sich auch jeder an die neuen Regeln hielt. Wenn der Muezzin zum Gebet rief, musste jeder, wirklich *JEDER* seinem Ruf sofort folgen. Wehe, man kam zu spät! Für die Freitagsgebete ließen sie sogar ganze Wochenmärkte räumen und scheuchten die Händler in die Moscheen. Sie verbrannten Berge von Zigaretten. Wer mit einer Zigarette im Mund erwischt wurde, wanderte ins Gefängnis. Dabei war das Rauchen unter Männern in Syrien früher mindestens so verbreitet wie in Deutschland. Auch Alkohol war streng verboten. Man durfte ihn nicht einmal zu Hause haben. Musik durfte man auch nicht mehr hören – zumindest nicht zum Vergnügen. Arabische Lieder mit bestimmten Texten waren unter bestimmten Umständen weiterhin erlaubt. Wenn man sie zum Nachdenken hörte zum Beispiel. Weil diese Vorschrift aber so undurchsichtig und unsicher erschien, ließen die Menschen ihre Radios vorsichtshalber aus. Keiner wollte ins Visier dieser radikalen Islamisten geraten. Nicht einmal mehr zu Hause in meinem Zimmer traute ich mich, Musik zu hören. Und Papa predigte noch häufiger als früher unter Assad, dass wir aufpassen sollten, was wir taten oder sagten. »Auch euren Freunden gegenüber! Seid vorsichtig!« Das fanden wir zwar einigermaßen übertrieben, aber es hieß, der IS würde sich gezielt junge Männer raussuchen und ihnen Belohnungen versprechen, wenn sie jemanden verraten, der sich negativ über den Islamischen Staat äußert.

Assads Regierung flog derweil weiter Angriffe. Bei einem wurde eine der letzten verbliebenen Schulen zerstört. Leider genau während des Unterrichts, sodass 18 Schüler und Lehrer ums Leben kamen. Ich hatte gerade Mittagspause und saß mit Walid, seiner Frau Samar und der kleinen Raghad bei meiner Mutter in der Küche, als wir den Einschlag hörten. Unmittelbar darauf klingelte unser Telefon. »Alles gut. Uns ist nichts passiert«, versicherte Mama meinem Vater, der noch immer nach jedem Fliegerangriff zuerst bei uns zu Hause anrief. »Und ich war immer so traurig, dass du keinen Platz an dieser Schule bekommen hast, Abdullah«, flüsterte Mama, während sie jedem einen Tee hinstellte. »Jetzt bin ich froh, dass du in deiner Apotheke warst.« Doch es war, wie Mama immer sagte: Wir hatten es nicht in der Hand. Und kurz darauf holte sich der Krieg – nach zweieinhalb Jahren – auch in meiner Familie sein erstes Opfer.

Es war an einem sonnigen Tag im November 2013. Ich war vor einem Monat 15 geworden. Meinen Geburtstag hatten wir nicht groß gefeiert. Es gab ein bisschen Kuchen, das war's. Daran war nicht der Krieg schuld. Das hatten wir schon immer so gehalten. In Deutschland bestimmte gerade die Steueraffäre von Uli Hoeneß die Schlagzeilen. Die olympische Fackel wurde erstmals ins All geschossen – für einen historischen Weltraumspaziergang. Und in New York wurde für 142,4 Millionen Dollar das teuerste Gemälde der Welt von Francis Bacon verkauft. Aber um solche Nachrichten kümmerten wir uns nicht. Schließlich hatten wir andere Probleme. Wir saßen noch immer in unserer zerstörten Stadt fest, bangten jeden Tag um unser Leben und hofften, dass uns irgendwer endlich rettete. Auch wenn wir selbst nicht mehr so richtig wussten, wer das sein könnte. Wenn der IS nicht herrschte, herrschte Assad. Pest oder Cholera ... Wir wünschten uns einfach, dass die ständigen Bombenangriffe aufhörten. Dass wieder Straßenhändler und nicht Hinrichtungen unser Stadtbild prägten. Dass es wieder Hoffnung gab. Eine Zukunft. Stattdessen kamen nur die Flieger mit ihren Bomben. Zuerst die Hubschrauber. Und dann die Bomber.

Ich war mit meinen Brüdern alleine zu Hause. Meine Mutter und Raghad waren zusammen mit Samar in einen kleinen Vorort von Rakka gefahren, um eine von Mamas Schwestern zu besuchen. Gerade war wieder einer dieser Kampfflieger über uns hinweggedonnert. Direkt danach folgte der Einschlag. Wumms!, gab es einen gewaltigen Knall, der unser Haus beben ließ. Im Wohnzimmer schepperte es. Wir sahen uns an.

Die Bombe musste ganz in der Nähe niedergegangen sein. Schon erklang das Dröhnen des nächsten Fliegers.

Ich schloss die Augen und versuchte, nur auf meinen Atem zu hören. Ich konnte eh nichts machen. Ich hatte es nicht in der Hand. Ich konnte nur vertrauen ...

Das Grummeln wurde lauter. Jetzt war der Kampfjet direkt über uns. Ich presste die Lippen aufeinander. Wartete. Bis sich das Dröhnen entfernte. Wumms! Wieder ganz in der Nähe.

Wie benommen öffnete ich die Augen und rannte mit meinen Brüdern ins Wohnzimmer. Überall lagen Scherben. Sämtliche Scheiben waren zersprungen. Walid legte mir seine Hand auf die Schulter.

Wie immer warteten wir einen kurzen Moment ab, ob weitere Flieger folgten. Nachdem ein dritter über uns hingweggeflogen war, rasten wir die Treppe nach oben auf unsere Dachterrasse, um zu gucken, was los war. Heller Staub stieg in den Himmel empor. Dahinter steuerte der dritte Flieger die Innenstadt an. Atemlos verfolgten wir, wie in der Ferne schwarze Punkte wie in Zeitlupe aus dem Flugzeug fielen und mit einem lauten Knall die Häuser unter sich zertrümmerten. Es hieß, dass man den Flug der Bomben, dieses typische Surren, nur aus der Ferne hörte. Stand man genau unter der Bombe, sei es ganz still ...

Walid knetete sein Kinn. Seine typische Geste, wenn er sich Sorgen machte. »Diese Bomben müssen ziemlich in der Nähe von Papas Laden eingeschlagen sein«, formulierte er vorsichtig. Ali nickte und schluckte trocken. Ich sah von einem Bruder zum anderen. Mein Herz klopfte so schnell, dass ich kein Wort hervorbrachte. Ich bestand nur noch aus Herzklopfen. Omran stürzte als Erster die Treppe wieder nach unten, um sich dort vor unser Telefon zu stellen. Doch es blieb stumm. Sonst klingelte es immer. Nach jedem Bombenangriff. Diesmal gab es keinen Laut von sich. »Vielleicht ist etwas mit der Verbindung?«, vermutete Ali. »Vielleicht kann Papa gerade nicht telefonieren. Mama ruft ja auch nicht an«, warf Omran ein.

Tatsächlich hatten wir alle Angst, dass etwas Schlimmes passiert sein könnte. Dann meldete sich immerhin Samar per Telefon. »Bei uns ist alles gut. Bei euch auch?« »Ja, nur die Scheiben im Wohnzimmer sind kaputt«, beruhigte Walid sie. Von Papa wollte er nichts sagen. Doch sobald er das Gespräch beendet hatte, bestimmte er: »Wir fahren los und suchen ihn!«

Ich stürzte sofort in Richtung Tür, um mir die Schuhe anzuziehen, aber Walid rief mich zurück. »Du bleibst hier, Abdullah! Falls Papa anruft oder Mama nach Hause kommt.« Ich widersprach nicht. Wenn Papa nicht da war, hatte Walid das Sagen. Deshalb nickte ich bloß frustriert und senkte den Blick. Dann stürmten Walid und meine anderen Brüder nach draußen, während ich alleine zurückblieb. Es war schrecklich. Die Angst um Papa verursachte mir körperliche Schmerzen. Jede Sekunde tat weh.

Jede Sekunde. Sekunde. Sekunde.

Der reinste Horror!

Weil ich nicht wusste, was ich sonst tun sollte, begann ich damit, das Wohnzimmer aufzuräumen. Dass ich mich dabei an einer Scherbe schnitt, störte mich nicht. Ich wickelte einfach ein Taschentuch drum. Es fühlte sich beinahe befreiend an, echten Schmerz zu spüren. Denn der innere Schmerz drohte mich zu zerreißen. Ich konnte kaum atmen, meine Augen brannten, es war unerträglich. Papa durfte nichts passiert sein. Durfte nicht, durfte nicht, durfte nicht! Ich hasste diesen Krieg, der einen immer wieder in Panik versetzte.

Da klopfte es an unsere Tür. Ich sprang sofort auf. Meine Brüder. Und Papa! Das mussten sie sein. Ich hatte jedes Zeitgefühl verloren. Keine Ahnung, wie lange sie weg gewesen waren!

Als ich die Tür aufriss, stand Abdulaziz davor. Ein Cousin. »Du musst mitkommen«, verlangte er mit einem seltsam starren Gesichtsausdruck. Ich schüttelte den Kopf. »Nein, Walid hat gesagt, ich soll zu Hause bleiben.« »Aber du musst mitkommen«, wiederholte er noch einmal und guckte plötzlich so gequält, als kämpfte er mit einer schlagartigen Übelkeit. Ich zog meine Stirn kraus. »Warum denn?« »Komm einfach!« Einen kurzen Moment zögerte ich. Bis Abdulaziz endlich mit der entscheidenden Information herausrückte: »Es ist wegen deines Vaters.« Sofort schlüpfte ich in meine Schuhe. »Hast du ihn gesehen? Was ist mit ihm?« Mein Cousin war mit einem Auto gekommen. Ich wunderte mich kurz, denn ich wusste gar nicht, dass er eines hatte. Sobald ich neben ihm saß, nahm er mich in den Arm. »Abdullah, dein Vater ist tot.« Schlagartig war ich wie eingefroren. Als hätte dieser Satz einen

Schalter umgelegt. Ich starrte auf die Straße und versuchte, diese Nachricht zu verarbeiten. Tot?

»Eine Bombe hat ihn erwischt.« Ich hörte, was mein Cousin sagte. Aber sonst hörte ich nichts. Nicht das Brummen des Motors. Nicht die Geräusche der Stadt. Die ganze Zeit hämmerte nur diese Nachricht durch meinen Kopf. Wie die Kugel in einem Flipperspiel. Sie ballerte hin und her. Und ließ sich nicht einfangen.

Das konnte doch nicht sein!

Andererseits konnte es natürlich doch sein. Wir hatten ja von unserer Dachterrasse aus gesehen, wie die Bomben ins Stadtzentrum fielen. Außerdem hatte Papa nicht angerufen. Und das tat er sonst immer.

Ich dachte daran, wie wir heute Morgen noch zusammen Augeneier gefrühstückt hatten. Die mochte er doch so gerne … Vermutlich war noch nicht einmal die Pfanne ausgespült, die er benutzt hatte. Und es waren auch noch Oliven da. Für morgen. Für unser nächstes gemeinsames Frühstück.

Ich konnte nicht glauben, dass er nicht nach Hause kommen würde. Vielleicht hatte Abdulaziz sich auch geirrt. Woher sollte ausgerechnet er wissen, dass Papa tot war? Ich hätte ihn gerne danach gefragt. Aber ich konnte nicht sprechen. Ich konnte nur auf die Straße starren und blinzeln, damit ich nicht weinte. Abdulaziz lenkte seinen Wagen in eine Straße, in der ein Friedhof lag.

Nein!, schrie alles in mir.

Normalerweise durfte ein Moslem frühestens 48 Stunden nach seinem Tod beerdigt werden. Dann wurde er vom Imam in speziellen Räumen, die meist direkt neben dem Friedhof lagen, gewaschen und in ein weißes Leichentuch gehüllt. Er wurde von seinen Vergehen freigesprochen und anschließend mit dem Gesicht in Richtung Mekka begraben. Bretter wurden über ihn gelegt – wie ein Dach. Es war ein festes Ritual.

Vor dem Krieg.

Jetzt ging es häufig nur noch darum, die vielen Toten so schnell wie möglich unter die Erde zu bekommen. Vermutlich, um Gerüche oder die Ausbreitung von Krankheiten zu vermeiden. Bei uns liegen die Temperaturen auch im November noch um die 20 Grad. Und die gekühlten Räume neben dem Friedhof waren seit Kriegsbeginn ständig überfüllt. Trauerfeiern fanden nicht mehr statt. Trotzdem war der Friedhof regelmäßig voller Leute. Viele weinten. Klagten laut. Abdulaziz schob mich durch die Menge. Und dann sah ich ihn.

Er lag am Boden. Ein Teil seines Kopfes fehlte. Ich hatte das Gefühl zu sterben. Papa hatte unserem Leben Halt gegeben. Trotz Krieg. Trotz Todesangst. Die Lücke, die er hinterließ, konnte nie wieder geschlossen werden …

Plötzlich hatte Abdulaziz einen Spaten in der Hand. Er reichte ihn mir wortlos. Erst starrte ich ihn entsetzt an. Sollte ich jetzt Papa beerdigen? Alleine? Ohne meine Brüder? Ohne Mama? Abdulaziz nickte. Und ich begann zu graben. Dabei liefen mir die Tränen über das

Gesicht. Ich rammte den Spaten in die harte Erde und vermied es, zu meinem Vater zu schauen. Ich wünschte, Walid wäre hier. Ich wünschte, ich wäre nicht hier. Mein Vater wäre nicht hier. Es wäre wieder früh am Morgen. Der Tag läge noch vor uns. Wir hätten noch die Chance, etwas zu ändern.

Ich drehte mich um. Abdulaziz war verschwunden. Vielleicht war er losgegangen, um meine Brüder zu suchen. Ich war alleine auf dem Friedhof, alleine unter bestimmt hundert anderen trauernden Menschen. Ich ging in die Hocke. Wie konnte das nur passieren? Papa muss unmittelbar unter der Bombe gestanden haben. Wahrscheinlich hat er sie nicht gehört. Oder war er in seiner Werkstatt verschüttet worden? Nein, so sah er nicht aus. Ich setzte mich neben ihn und nahm seine Hand. Schlaff lag sie in meiner. Warum konnte sie meinen Druck nicht einfach erwidern?

Ich spürte eine Hand auf meiner Schulter. Walid war gekommen. Endlich! Er nahm mich in den Arm. Und erst jetzt konnte ich richtig weinen. Gemeinsam hoben wir das Loch aus und legten Papa hinein. Dann tauchten auch meine anderen Brüder auf. Wortlos stellten sie sich neben uns. Noch bevor wir sein Grab mit Erde bedeckten, nahmen wir Papa seine goldfarbene Uhr vom Handgelenk. Als Erinnerung. Obwohl wir uns natürlich sowieso immer an ihn erinnern werden. Auf dem Weg nach Hause. Beim Betreten des Hauses. Beim Blick auf mein Fahrrad. Bei jedem Frühstück und jedem Abendessen. In jeder Sekunde.

Als wir wieder zu Hause waren, standen wir alle immer noch unter Schock. »Kommt, wir räumen auf«, schlug Walid vor. Es tat gut, sich zu bewegen. Sich zu beschäftigen. Während wir das Zimmer wischten, unsere Teppiche ausklopften und die verbliebenen Scheibenstücke aus den Fensterrahmen zogen, verloren wir kein Wort. Jeder von uns hing seinen Gedanken nach. Zwischendurch hörte ich ein Schniefen oder sah, wie sich meine Brüder verstohlen die Tränen aus dem Gesicht wischten. Bald sah unser Wohnzimmer aus wie aus dem Möbelkatalog. Es war blitzsauber. Das war auch das Erste, was Mama auffiel, als sie spät am Abend nach Hause kam. Walid hatte ihr am Telefon nichts gesagt. Er meinte, es sei besser, es ihr direkt zu sagen. Wenn sie zu Hause war.

»Warum ist es hier denn so ordentlich?«, fragte Mama argwöhnisch. Wir standen um sie herum und keiner wusste, wie wir es ihr beibringen sollten. Aber offenbar sprachen unsere Gesichter Bände ... Mama riss die Augen auf und schlug sich die Hand vor den Mund. Walid bestätigte, was sie längst verstanden hatte: »Papa ist tot.« Mama brach auf der Stelle schluchzend zusammen. Als Samar ihr auf die Beine half, taumelte sie ins Schlafzimmer und von da an hörte ich sie nur noch weinen. Laut. Und tagelang. Sie verließ ihr Zimmer nur noch, um kurz im Badezimmer zu verschwinden. Dann schloss sie sich wieder ein. Samar übernahm ganz selbstverständlich ihre Aufgaben. Es war, als hätten wir auf einen Schlag beide Elternteile verloren.

Diese Bombe war mitten in unserer Familie eingeschlagen. Sie hatte alles zerstört, ein riesiges Loch in unser Leben gerissen und unsere Herzen zerfetzt. Diese Bombe hatte uns unser Zuhause genommen. Für alle Zeiten.

Es dauerte Wochen, bis wir wieder einigermaßen normal funktionierten. Mama hatte es gerade wieder geschafft, ihren Alltag zu stemmen. Zusammen mit Samar das Essen zuzubereiten. Sich dann zu uns zu setzen. Und sich dabei manchmal sogar zu einem kleinen Stück Brot oder zu einer Olive überreden zu lassen. Da traf unsere Familie der nächste schwere Schlag.

Ali kam am Abend nicht nach Hause. Zuerst dachten wir, dass sein Einsatz im Rettungswagen länger gedauert hatte. Am nächsten Morgen beim Frühstück schauten wir alle betreten auf den leeren Platz, auf dem Ali für gewöhnlich saß. Walid fing unsere Blicke auf und versuchte, uns zu beruhigen: »Ach, der hat bestimmt nur bei einem Freund übernachtet.« Das war bei Ali nicht ungewöhnlich. Mein drittältester Bruder war ein fröhlicher Typ, neugierig, immer hilfsbereit und immer unterwegs. Der Komiker in unserer Familie. Jeder wollte mit ihm befreundet sein – dementsprechend groß war sein Freundeskreis. Auch wenn Walid vielleicht recht hatte mit seiner Vermutung, hatte ich ein flaues Gefühl im Magen. Denn meistens rief Ali spätestens am nächsten Morgen an, wenn er woanders übernachtet hatte.

Auch die anderen schienen sich Sorgen zu machen.

Unser Frühstück verlief noch ruhiger als in den vergangenen 20 Tagen seit Papas Tod. Keiner hatte Appetit. Auch Walid nicht. Ich beobachtete ihn, wie er vor sich hin starrte und dabei langsam auf einem Stück Brot kaute, als wäre es ein Kaugummi. Auch er war wohl nicht ganz überzeugt von seiner Theorie.

Den ganzen Tag fieberte ich dem Feierabend entgegen. Meinem Chef in der Apotheke fiel meine Unruhe auf. »Alles okay bei dir, Abdullah?«, fragte er. Seit Papas Tod machte er sich ständig Sorgen um mich. »Alles okay«, lächelte ich. Mein Chef legte den Kopf schief. Ich sah ihm an, dass er mir nicht glaubte. Aber was hätte ich denn sagen sollen? Vielleicht war Ali wirklich nur über Nacht bei einem Freund geblieben.

Doch leider tauchte er auch an diesem Abend nicht zu Hause auf. Mama wurde immer unruhiger. Sie hatte schon am Tag in der Nachbarschaft herumgefragt, ob jemand etwas über Ali wüsste. Nun wollte sie ihn in der Stadt suchen. Deshalb klapperten sie und Walid sämtliche Freunde meines Bruders ab. Doch leider wusste keiner, wo er steckte. Aus der Sorge wurde allmählich Panik. Mama lief den ganzen Abend weinend durch unser Haus. Walids Frau versuchte, sie zu beruhigen. Und sobald Mama stehen blieb, schlang die weinende Raghad ihre Arme um sie – Raghad weinte immer, wenn Mama weinte. Seit Papas Tod war meine kleine Schwester mindestens so durcheinander wie meine Mutter.

Ich saß mit meinen Brüdern zusammen in unserem

Wohnzimmer. Gemeinsam überlegten wir, was wir tun könnten, wo wir nach Ali suchen könnten. Von seinem Chef wussten wir, dass er nach Feierabend in den Bus nach Hause gestiegen war. Ganz normal. Wie immer. »Wir müssen den Busfahrer finden«, schlug Omran deshalb vor. Walid nickte. »Das ist eine gute Idee!« Wir waren gerade aufgestanden, um unsere Suche nach dem Busfahrer zu starten, da klopfte es an unserer Haustür. Ich zuckte zusammen und schaute ängstlich zu Walid. Neuerdings erschreckte es mich, wenn jemand unerwartet vor unserer Tür auftauchte. Auch mein Bruder biss sich auf die Unterlippe. Wir alle hatten Angst vor einer erneuten Schreckensnachricht. Walid straffte seine Schultern und schritt zur Tür. Ein Mann stand davor. Ich hatte ihn schon einige Male gesehen, konnte ihn aber nicht zuordnen. Walid schien ihn besser zu kennen, er begrüßte ihn sogar mit Namen. »Hallo, Samir. Das ist ja eine Überraschung.« Samir senkte den Kopf. »Ich habe gehört, dass ihr Ali sucht.« Walid nickte. Obwohl ich hinter ihm stand und sein Gesicht nicht sehen konnte, fühlte es sich an, als würde Walids kompletter Körper zu Stein werden. Seine Anspannung war spürbar. »Weißt du, wo er ist?«, fragte mein ältester Bruder mit blecherner Stimme. Samir legte seinen Kopf schief. »Ich weiß nichts Genaues. Aber ich habe gehört, dass der Bus in eine Kontrolle geraten ist und dass sie Ali mitgenommen haben.« Ich zog meine Stirn kraus. Warum sollten sie Ali denn mitnehmen? Fragend schaute ich zu meinem großen Bruder, der Samir zum Abschied die Hand auf die Schulter legte. »Danke, dass du zu uns gekommen bist.«

Nun wussten wir zumindest, dass er nicht von einer Bombe getroffen worden war. Auch wenn es nicht bedeutete, dass Ali noch lebte. Die IS-Leute gingen bekanntlich nicht gerade zimperlich mit ihren Gefangenen um. Je nachdem, was ihm vorgeworfen wurde, konnte Ali also in eine Zelle gesperrt oder auch längst hingerichtet oder zu Tode gefoltert worden sein. »Morgen gehen wir zum Gefängnis«, schlug Omran vor und ballte kämpferisch die Faust. »Das machen wir nicht!«, bestimmte Walid. »Dann laufen wir bloß Gefahr, selbst verhaftet zu werden.« Walid wusste genau: Es war noch nie vorgekommen, dass die IS-Leute irgendeinem Entlassungsgesuch nachgekommen waren. Schließlich verschwanden ständig Leute und immer wieder hatten Angehörige oder Freunde versucht, die Inhaftierten freizubekommen. Aber wir kannten keinen einzigen Fall, in dem dieser Versuch Erfolg gehabt hätte. »Morgen suchen wir den Busfahrer«, bestimmte Walid stattdessen. Dann ging er zu Mama, um ihr von der Verhaftung zu erzählen. Wüssten wir doch bloß, was man ihm vorwarf, dann könnten wir besser einschätzen, wie seine Chancen standen, zu überleben.

Fortan sah ich genauer hin, wenn am Straßenrand Hinrichtungen stattfanden. Trug der arme Kerl Alis Schuhe? Verriet ihn seine Haltung? Steckte unter der schwarzen Tüte, die das Gesicht der Opfer verhüllte, womöglich mein Bruder?

Ich wusste, dass es den anderen aus meiner Familie ebenso ging. Die Ungewissheit zermürbte uns. Leider hatte uns auch der Busfahrer nicht mehr sagen können. Mein Bruder hatte ihnen seinen Pass gezeigt und dann hatten sie ihn mitgenommen. Es war sonderbar.

Wir entschieden uns, davon auszugehen, dass Ali im Gefängnis saß und dass er irgendwann unerwartet wieder vor unserer Tür stehen würde. Doch er kam nicht. Nicht in den Tagen nach seiner Verhaftung, nicht in den Monaten danach.

Währenddessen ging der Krieg weiter. Andere Rebellengruppen versuchten, Rakka zurückzuerobern. Die syrische Luftwaffe flog weiter Angriffe. Das Leben in unserer Stadt wurde immer beschwerlicher, sodass Walid irgendwann beim Abendessen verkündete: »Wir werden fliehen. Raus aus Syrien.« Mama schüttelte sofort den Kopf. »Und wenn dein Bruder zurückkommt? Wenn er hier vor der Tür steht und keiner ist da?« »Dann wird Ali uns finden.« Mama wandte ein, dass Papa eine Flucht immer für zu gefährlich gehalten hatte. Aber Walid hielt weiter dagegen: »Raghad ist jetzt sieben Jahre alt. Sie schafft es, weite Strecken zu laufen.« Eindringlich sah er unsere Mutter an. »Es gibt keine Zukunft in Syrien. Worauf sollen wir warten? Dass der Nächste von uns von einer Bombe getroffen oder vom IS verschleppt wird? Willst du, dass Raghad in dieser Gefahr aufwächst? Abdullah ist noch jung. In Europa könnte er seinen Schulabschluss nachholen. Er könnte studieren.« Walid wusste, dass ihr die Bildung und Ausbildung ihrer Kinder sehr am Herzen lag. Mama schluckte schwer. Sie tat mir leid, weil ich wusste, wie sehr sie an diesem Haus hing, in dem wir einst so glücklich zusammengelebt hatten. Sie hing an ihrer Familie. An ihren Freundinnen. Außerdem wartete sie weiterhin jeden Tag darauf, dass Ali zu uns zurückkehrte. Trotzdem sah sie schließlich ein, dass Walid wohl recht hatte. Ab sofort planten wir unsere Flucht.

Ich sollte als Erster aufbrechen.

Seit einem halben Jahr in Deutschland

Bei einem Sprengstoffanschlag im bayerischen Ansbach sind am Sonntagabend der Täter getötet und mindestens zwölf weitere Menschen verletzt worden, drei von ihnen schwer. Die Explosion ereignete sich gegen 22 Uhr am Eingang zu einem Musikfestival mit mehr als 2.000 Teilnehmern. Die Polizei räumte das Gelände im Zentrum der fränkischen Stadt und riegelte diese weiträumig ab.

Bei dem Täter handelt es sich nach Angaben des bayerischen Innenministers Joachim Herrmann um einen 27-jährigen Syrer.

Reuters/dpa/AFP, 25. Juli 2016

Julia sitzt alleine im Wohnzimmer und starrt mit grimmiger Miene auf unseren Fernseher. Das liegt allerdings nicht am Programm, sondern hundertprozentig an meiner Anwesenheit. Ich verstehe natürlich, was sie mir sagen will: Hau am besten sofort ab! Und falls du dich dennoch vor den Fernseher setzen willst ... Sprich mich bloß nicht an!

Ich unterdrücke meinen Fluchtimpuls, nehme meinen Mut zusammen und setze mich trotzdem neben sie. Na ja, nicht direkt neben sie. Sondern ans andere Ende des Sofas.

Julia tut so, als würde sie mich nicht bemerken. Sie schaut gerade eine Sendung, bei der irgendwelche überdrehten Menschen einem gut aussehenden Moderator im schicken Anzug irgendwelche Fragen beantworten und sich dabei quietschend und lachend abklatschen. Normalerweise wäre ich wieder aufgestanden und gegangen – so was interessiert mich echt überhaupt nicht. Die Leute scheinen die ganze Zeit nur zu reden. Zu reden und zu klatschen. Trotzdem unterdrücke ich auch ein zweites Mal meinen Fluchtgedanken und tue so, als würde mich das Ganze brennend interessieren. Ich schiele zu Julia rüber. Sie sitzt da wie ein Eisblock. Aber ich habe mir eine Taktik überlegt: Wenn ich will, dass die anderen Heimbewohner mit mir reden, muss ich zuerst die älteren auf meine Seite ziehen. Und da Julia nicht nur eine der ältesten, sondern auch eine der tonangebenden ist, wäre es bestimmt nicht schlecht, bei ihr anzufangen ...

Also tippe ich kurz entschlossen eine Nachricht auf Arabisch in mein Handy, die ich dann von Google-Translator ins Deutsche übersetzen lasse. Sicher ist sicher. Nicht dass die Sache schiefgeht, weil ich versehentlich ein Wort verwechsle oder so. Ich darf jetzt keinen Fehler machen!

»Du musst keine Angst vor mir haben«, schreibe ich.

Ohne noch einmal darüber nachzudenken, halte ich Julia das Telefon hin. Die stößt einen hörbaren Seufzer aus und rollt mit den Augen. Noch deutlicher kann sie ihre Abneigung gar nicht zeigen! Trotzdem halte ich ihr weiter ungerührt mein Telefon unter die Nase, bis sie es schließlich mit spitzen Fingern entgegennimmt und einen flüchtigen Blick auf den Text wirft. Dann habe ich mein Telefon auch schon wieder: Es landet mit einem gezielten Wurf direkt neben mir auf dem Sofa.

Aber ich gebe nicht auf. Zweiter Versuch! Ich schreibe: »Ich will nichts von dir.«

Ich weiß nicht, wie ich es besser auf den Punkt bringen soll, dass ich mir nichts anderes als einen ganz normalen Umgang wünsche.

Nun behält Julia mein Telefon schon ein wenig länger in der Hand. Vermutlich denkt sie darüber nach, wie sie mit dieser Nachricht umgehen soll. Ich habe schon Sorge, dass mein Bildschirm gleich in den Stand-by-Modus wechseln könnte. Doch dann berührt Julia kurz mein Display und beginnt schließlich sogar, etwas zu tippen. Mein Herz macht einen Hüpfer. Sie lässt sich tatsächlich auf meinen Kontaktversuch ein!

Ich muss mir ein Grinsen verkneifen, so sehr freue ich mich, dass ich diesmal nicht wieder gefühlt gegen eine Wand renne. Doch dann erstarre ich. Hoffentlich schreibt sie nicht bloß, ich solle sie in Ruhe lassen!

Julia schiebt das Telefon wieder zu mir rüber und schaut weiter ihre merkwürdige Sendung. Ich kann es kaum erwarten, ihre Nachricht zu lesen, und bin gleich darauf irritiert. »Du bist manchmal so komisch«, steht da.

Na, was soll ich denn darauf antworten? Ich überlege kurz und tippe dann: »Ich bin ganz normal. Ich komme nur aus einem anderen Land.«

Julia wirft einen Blick auf mein Display, dann lässt sie mein Telefon sinken. Ich kann beinahe sehen, wie der dicke Eisberg, der sie in den vergangenen Wochen so fest umschlossen hat, zu schmelzen beginnt. Sie gibt mir mein Telefon zurück. Diesmal sogar in die Hand! Und sie fängt tatsächlich an, mit mir zu kommunizieren. Erst noch über das Telefon. Später redet sie direkt mit mir – in einem Mix aus Englisch und Deutsch. Julia fragt, woher ich überhaupt käme. Warum ich nach Deutschland geflohen sei und wie. Und je mehr ich ihr erzähle, desto entspannter und interessierter wird sie. Zum ersten Mal schaut sie mich nicht wie ein giftiges Insekt an, sondern wie einen Menschen. Und das fühlt sich so gut an, dass mir das ganze Wohnzimmer gleich viel gemütlicher erscheint, und der kalte Regen, der in diesem Moment gegen unser Fenster bläst, beinahe etwas Sommerliches bekommt. Selbst diese merkwürdige Quizsendung finde ich gar nicht mehr so schlecht. Ich bin mir einfach sicher: Wenn Julia mit mir spricht, werden sich auch die anderen nicht länger verweigern. Außerdem habe ich jetzt scheinbar endlich die richtige Taktik gefunden: Ich muss versuchen, ich selbst zu sein und den Menschen einfach meine Hand zu reichen. Ganz offen. Ganz ehrlich. Dann laufe ich zwar Gefahr, dass sie ausgeschlagen wird. Aber es fühlt sich besser an, als sich jedes Mal zum Clown zu machen in der

Hoffnung, dass jemand lacht und mit mir befreundet sein will. Offen auf die Kinder zuzugehen, funktioniert viel besser, wie ich feststelle. Eindeutig.

Als die anderen sehen, dass Julia mit mir spricht und mich bei unseren gemeinsamen Abendessen ins Gespräch einbezieht, merke ich, dass ihre Blicke allmählich nicht mehr nur ablehnend und feindlich sind, sondern zunehmend offen und neugierig. Bald sprechen auch sie mich an. Erst nur beim Essen, wenn sie mich bitten, ihnen Aufschnitt oder Brot zu reichen. Dann auch bei anderen Gelegenheiten. Sie fangen an, mich zu grüßen, wenn sie mich sehen, oder laufen ganz selbstverständlich neben mir, wenn wir uns zufällig auf der Straße treffen. Es ist, als würden sie nach und nach aus ihren kleinen Schneckenhäusern kriechen, ihre Fühler nach mir ausstrecken und auch nicht wieder einziehen, wenn ich auf sie zugehe. Das macht mich wirklich glücklich. Nach einem halben Jahr Abweisung, Wut und hasserfüllten Blicken fühle ich mich endlich nicht mehr einsam in Deutschland. Selbst das Essen schmeckt mir allmählich besser – natürlich noch nicht so gut wie das syrische! Dafür fehlen die köstlichen Gewürze und Kräuter. Aber wenigstens finde ich es nicht mehr so langweilig und fad.

Ich komme endlich an in Deutschland!

Weil nun auch die anderen Heimkinder ständig fragen, wie das so war im Bürgerkrieg, planen wir eine Gruppenrunde, in der ich von Syrien erzählen soll – und von meiner Geschichte.

Gruppenrunden finden immer nach dem Abendessen statt, wenn etwas Wichtiges anliegt. Wenn beispielsweise ein Fest geplant wird oder wenn in der vergangenen Woche irgendetwas Besonderes vorgefallen ist. Diesmal zeige ich auf YouTube-Bilder aus meiner zerstörten Heimat. Ich kenne diese Videos. Ich kenne sie vermutlich alle. Wann immer ich die Gelegenheit dazu habe, suche ich im Internet nach Bildern aus Syrien. Vielleicht in der Hoffnung, darauf zu entdecken, dass sich die Lage entspannt. Oder aber um zu begreifen, dass es – zumindest in nächster Zeit – keinen Weg zurück gibt. Genau kann ich es mir selbst nicht erklären. Es ist einfach so: Ich muss mir diese Bilder immer wieder ansehen. Manchmal kann ich es nämlich selbst nicht glauben, dass von dem wunderschönen Syrien, in dem ich groß geworden bin, nichts mehr übrig ist. Verschwunden sind die von ausladenden Palmen gesäumten Straßen, die großen Plätze, in deren Mitte häufig Springbrunnen sprudelten, die schön verzierten Häuser mit den runden Fensterbögen, die lebhaften Basare, auf denen man von den Händlern regelmäßig zu süßem Tee oder leckerem Gebäck eingeladen wurde. Stattdessen starre ich zusammen mit den anderen Heimkindern auf zerbombte Häuser und staubige Leichen, die wie Müll auf den zerstörten Straßen liegen und darauf warten, notdürftig verscharrt zu werden.

Ich erzähle meinen Mitbewohnern, dass mein Leben gar nicht so anders war als ihres. Auch ich habe mich mit meinen Freunden zum Fußballspielen getroffen, wir haben dieselben Computerspiele gespielt wie die Jugendlichen in Deutschland, und wer angesagt sein wollte, musste die richtigen Markenschuhe tragen. Natürlich haben wir auch mit Mädchen gesprochen. Und manchmal haben wir auch für ein Mädchen geschwärmt. Das war allerdings nicht so unkompliziert wie in Deutschland. Ich erzähle ihnen von einem Jungen, der in der Schule ein Mädchen geküsst hatte. »Der bekam danach richtig, richtig Ärger!« Beihnah hätten sie ihn sogar von der Schule geworfen.

»Wie alt waren sie denn?«, fragt Lara neugierig.

»Zehn«, sage ich und lache ein bisschen verlegen.

Wir sind keine Barbaren, die mit Sprengstoffgürtel um den Bauch zur Welt kommen. *Wir sind Menschen wie ihr.* Wir haben nur etwa 3.500 Kilometer weiter südöstlich gelebt – das ist alles.

Und allmählich scheinen das auch meine Mitbewohner zu begreifen. Sie fragen und fragen und fragen. Und fangen an zu verstehen, wie schrecklich es ist, wenn Bomben und Tod zum Leben gehören wie der Regen zum Harz.

Als ich am Ende dieses Tages in meinem Bett liege, lasse ich den Tag glücklich Revue passieren. Ich habe das Gefühl, dass die anderen mich endlich nicht mehr für einen gefährlichen Gewalttäter halten, der nach Deutschland gekommen ist, um Anschläge zu verüben, Mädchen zu überfallen und nebenbei noch möglichst viel Geld vom Staat zu kassieren. Heute haben sie verstanden, dass ich nur in Ruhe leben will. Mehr nicht.

Nur leben. Und ich bin dankbar, dass sie jetzt anders mit mir umgehen.

Doch dann kommt es zu weiteren Anschlägen. Erst schießen drei Terroristen am Flughafen von Istanbul um sich und sprengen sich und viele andere in die Luft. Gut zwei Wochen später rast ein Terrorist auf der Straßenpromenade von Nizza mit einem Laster durch die Menschenmenge. Und noch mal vier Tage später attackiert ein UmF in einem Regionalzug bei Würzburg die Reisenden mit einem Messer und einer Axt. Ende Juli sprengt sich ein Syrer vor einem Musikfestival in Ansbach in die Luft.

Jedes Mal habe ich Angst, dass meine Mitbewohner sich nun wieder von mir zurückziehen. Vor allem als bekannt wird, dass einer der Attentäter ein UmF war – wie ich. Und ein anderer ein Syrer – auch wie ich. Ich merke zwar, dass die Menschen auf der Straße noch skeptischer reagieren und viele mich ganz genau im Auge behalten, wenn ich ihren Weg kreuze. Aber im Heim begegnen mir die anderen weiterhin freundlich und offen. Und wenn jemand sagt: »Schlimm, was passiert ist.« Dann antworte ich: »Ja, wirklich schlimm.« Und verkneife mir, darauf hinzuweisen, dass zur selben Zeit die amerikanische Luftwaffe in der syrischen Stadt Manbidsch irrtümlich 60 Zivilisten auf der Flucht getötet hat und ein paar Kilometer weiter, in Tuchar, 95 weitere. Und das sind nicht alle Toten in Syrien. Wir reden von nur einem Tag. In einer Region.

Max, der genau weiß, wie intensiv ich die Nachrichten in Syrien verfolge, und dem ich natürlich von den vielen syrischen Toten erzählt habe, nickt mir zu. Das soll wohl heißen: Gut gemacht, Abdullah.

Ich lerne dazu.

Am kommenden Wochenende steht wieder ein Elternnachmittag an. Zum ersten Mal lassen mich die anderen Heimkinder an ihrer Aufregung teilhaben. Sie erzählen mir, wer sie besuchen wird und was sie ihrem Besuch alles zeigen wollen. Diese Elternnachmittage finden regelmäßig statt. Sie werden von den Betreuern veranstaltet, um die ohnehin belastete Bindung zwischen den Eltern und ihren im Heim lebenden Kindern zu stärken, indem die Kinder zeigen, was sie machen und wie sie leben.

Christa meint: »Die Eltern sollen spüren, dass sie bei uns willkommen sind, dass ihnen unser Haus jederzeit offen steht. Sie sollen sich eingebunden fühlen, selbst wenn wir uns an ihrer Stelle um ihren Nachwuchs kümmern.«

Die Betreuer wollen unbedingt verhindern, dass die Kluft zwischen Eltern und Kindern noch größer wird, als sie ohnehin meist ist. Deshalb backen sie jedes Mal aufwendig und decken die Tische hübsch ein. So wird jeder Elternnachmittag zu einem kleinen Fest.

Nur für mich sind diese Veranstaltungen immer eine etwas zwiespältige Angelegenheit, weil ich der Einzige bin, bei dem garantiert keiner zu Besuch kommen wird. Wie auch? Mein Vater ist tot. Von Ali fehlt weiterhin jede Spur und meine Mutter sitzt mit meinen anderen Brüdern und Raghad in der Türkei fest.

Trotzdem freue ich mich, wenn die anderen Kinder Besuch bekommen. Ich finde nämlich, dass ihre Geschichten eigentlich ebenso traurig sind wie meine. Sie haben zwar Eltern, können aber aus unterschiedlichen – unschönen! – Gründen nicht mit ihnen zusammenleben.

Deshalb sitze ich meist ziemlich nachdenklich an der großen Kaffeetafel und beobachte die Kinder mit ihren Angehörigen, während ich mindestens vier Stück Kuchen verdrücke. Bei mir sind es wenigstens äußere Umstände, die unser Zusammenleben verhindern – ich fühle mich nichtsdestotrotz geliebt und angenommen. Meine Mitbewohner dagegen haben ein warmes Familiennest meist gar nicht erst kennengelernt. Ich weiß nicht, was schlimmer ist: diese Liebe und Geborgenheit niemals erfahren zu haben? Oder: sie zwar zu kennen, aber verloren zu haben?

Keine Ahnung.

Ich beobachte, wie Lukas seinen Eltern stolz seine letzte Mathearbeit zeigt. Er hat eine Zwei. Das weiß ich deshalb so genau, weil ich mit ihm für die Arbeit geübt habe und mich deshalb fast so sehr über seine gute Note freue wie er. Als Lukas merkt, dass ich ihn beobachte, lächelt er mich an. Ich muss grinsen und in meinem Bauch wird es ganz warm vor Freude. Dabei denke ich an meine Mutter und daran, dass sie vor lauter Freude beinahe geweint hat, als ich kürzlich meinen deutschen Hauptschulabschluss geschafft habe. Sie ist wahnsinnig stolz auf mich. Das motiviert mich tatsächlich noch zusätzlich. Mein nächstes Ziel ist nun der Realschulabschluss. Deshalb besuche ich seit Kurzem mit Max dieselbe Klasse. Mit meinen fast 18 Jahren bin ich einer der Ältesten. Und vor allem bin ich auch noch der einzige Flüchtling! Daher fühle ich mich ganz besonders fremd in der neuen Klasse. Zumal ich noch nicht alles verstehe. Oft setze ich dann einfach ein schlaues Gesicht auf und hoffe, dass keinem auffällt, dass ich manchmal nicht mitkomme. Fragen traue ich mich nicht so recht, da Ralf, ein Junge aus meiner Klasse, nur darauf lauert, dass ich mich irgendwie danebenbenehme. Er macht keinen Hehl daraus, dass er es zum Brechen findet, »solche wie mich« in der Klasse zu haben. Wann immer ich in gebrochenem Deutsch eine Frage stelle, brüllt er quer durch den Raum: »Sprich Deutsch!« Dabei interessiert es ihn auch nicht, dass unsere Lehrer ihn regelmäßig ermahnen.

Echte Highlights sind für mich die Momente, in denen ich mich besser anstelle als meine Klassenkameraden. Und das passiert tatsächlich häufiger. Unsere Schule ist nämlich ein Berufskolleg. Wir haben den Schwerpunkt Elektrotechnik. Das ist natürlich großartig, weil mich alles rund um Elektrizität wirklich interessiert. Leitfähigkeit, Spannung, Leiterwiderstand – das finde ich total spannend. Und zur Verwunderung meiner Klassenkameraden finde ich es obendrein auch meist logisch.

Vor allem die praktischen Aufgaben fallen mir leicht. Neulich zum Beispiel sollten wir einen komplizierten Stromkreis nachbauen. Mit mindestens acht Widerständen, LEDs, Transistoren und Kondensatoren. Meine Klassenkameraden sind beinahe daran verzweifelt. Nur bei mir drehte sich das kleine Laufband, das wir an den Stromkreis angeschlossen haben, am Ende. Mein Lehrer lief sofort zu mir und hat mich ausgiebig gelobt. Andere Klassenkameraden kamen, um zu gucken, wie ich es geschafft hatte. Nur Ralf schaute, als ob er einen Schluck Essigwasser getrunken hätte. Nach Unterrichtsende konnte er sich dann wieder ein »Wenn es nach mir ginge, würden wir euch alle rausschmeißen« nicht verkneifen.

Solche Äußerungen treffen mich zwar weiterhin jedes Mal ins Herz, trotzdem fällt es mir an solchen Tagen leichter, die Bemerkung einfach wegzulächeln. Nach so einem Erfolgserlebnis ... Mein Papa hat mir viel beigebracht. Mein lieber Papa. Es tut mir heute noch weh, wenn ich an seinen Tod denke. Er fehlt mir jeden Tag. Sein Verlust ist wie ein Magnetfeld, das mir permanent Kraft entzieht. Kraft und Freude und Leichtigkeit.

Und während ich so dasitze und über all das nachgrüble, spricht mich plötzlich Lara an. Sie will mich ihrer Mutter vorstellen. Überrascht schaue ich auf.

»Ookaay«, entgegne ich gedehnt, springe aber sofort auf, weil ich mich freue, dass ich nun offenbar ganz dazugehöre.

Auch die anderen stellen mich ihren Familien vor.

Bis auf Max. Seine Eltern kenne ich nämlich schon. Sie winken mir zu, als sie zur Tür hereinkommen.

Irgendwann fragen mich die Kleineren, ob ich mit ihnen Fußball spielen möchte.

Aber klar doch! Darauf habe ich nur gewartet! Seitdem sich unser Verhältnis gebessert hat, spiele ich mit ihnen bei wirklich jeder Gelegenheit. Meist zusammen mit meinem Freund Max, der mich dann oft anstrahlt, als wolle er sagen: Siehst du! Hab ich's doch gewusst!

Einer meiner kleinen Teamkameraden, Maik, ist bei unseren Spielen besonders ehrgeizig. Stolz betont er nach jedem gelungenen Schuss, dass er »ja im Verein spielt«. Ich bin erstaunt. Er ist doch ein Heimkind! Anscheinend ist das in Deutschland für jeden möglich.

Als ich einmal nach dem Abendessen beim Tischabräumen helfe, spreche ich Christa darauf an. »Christa, könnte ich nicht vielleicht auch im Fußballverein spielen? Ich spiele wirklich gut und ...«

Doch ehe ich Christa weiter von meiner Idee überzeugen kann, entgegnet sie schon: »Klar, das ist kein Problem!«, und stellt dabei die Butter in den Kühlschrank.

Ungläubig starre ich sie an. Kein Problem? So einfach ist das in Deutschland? Ich habe mir, so lange ich denken kann, gewünscht, in einer Mannschaft zu spielen. Und hier geht das? Plötzlich bin ich ganz aufgeregt. Am liebsten würde ich mich auf der Stelle anmelden!

Christa verspricht, sich gleich am nächsten Tag darum zu kümmern. Und sie hält ihr Versprechen. Aber dabei stellt sich leider heraus: So ganz unproblematisch ist es doch nicht. Ich darf zwar im Verein trainieren, aber nicht an den Spielen teilnehmen. Weil ich nämlich keinen Spielerpass bekomme. Dazu bräuchte ich einen »internationalen Freigabeschein« aus Syrien, der belegt, dass ich nicht gleichzeitig für einen anderen Verein spielberechtigt bin. Na toll! Wie soll ich den jetzt bekommen?

Also trainiere ich zwar fleißig mit, sitze bei den Spielen aber im Publikum. Immerhin als Vereinsmitglied! Und das fühlt sich gut an. Leider ist nach ein paar Monaten erst einmal Schluss mit Fußball! Und das hat – im weitesten Sinne – geografische Gründe. Der Harz ist nämlich ein Mittelgebirge. Ich habe noch keinen Ort gefunden, bei dem die Häuser zumindest einigermaßen auf einer Ebene liegen. Egal, wohin man möchte, muss man entweder einen steilen Weg hinauf- oder hinabgehen. Auch die Wiese vor unserem Haupthaus weist eine gewisse Steigung auf. Dort sind wir meist nur zu besonderen Gelegenheiten. Bei irgendwelchen Festen zum Beispiel. Wie heute.

Das verwinkelte Gebäude liegt einen etwa fünf- bis zehnminütigen Fußmarsch von unserem »dezentralen« Fachwerkhaus entfernt. Während bei uns nur die »Gruppe Martin« lebt, sind dort gleich mehrere Gruppen untergebracht. Meist die kleineren Kinder. Aber auch die mit den schwereren Behinderungen.

Bei den Festen ist jedes Mal richtig viel los. Ich mag

das. Überall wird gelacht. Alle sind fröhlich. Die kleinen Heimkinder fahren mit ihren Fahrzeugen die geteerten Wege rauf und – mit irrem Tempo – wieder herunter. Manche klettern auf den neuen Geräten vom Spielplatz herum, die Mädchen backen Sandkuchen. Und ich renne mit ein paar Jungs beim Fußballspielen über die große Wiese. Lachend versuche ich, dem Ball hinterherzukommen und dabei meine Gegner abzuschütteln. Das ist nämlich nicht ganz einfach: Die kleineren Spieler versuchen, mich festzuhalten. Hier oben gelten eindeutig andere Regeln als in der Bundesliga. Unser Spiel erinnert mich fast an Rugby. Trotzdem erreiche ich irgendwie als Erster den Ball, hole aus, schieße – höre ein leises Knirschen und Knacken – und jaule auf vor Schmerz. Meine Beine klappen einfach weg. Mit Tränen in den Augen liege ich am Boden und halte mein rechtes Knie. Dummerweise lag der Ball total unglücklich an einer Steigung. Ich habe also mit voller Wucht gegen den Berg getreten. Das tut weh! Als ich mein Knie anschaue, sieht es aus, als hätte es sich spontan verdoppelt. Ich kann nicht alleine aufstehen und muss zusehen, wie es sich allmählich blaulila färbt.

Ein Erzieher kommt auf mich zugerannt und urteilt: »Ach, das ist bestimmt nichts Schlimmes. Wir warten erst einmal ab.«

Leider geht aber auch nach zwei Tagen weder die Schwellung noch die Färbung zurück und Schmerzen habe ich immer noch. Deshalb fährt mich eine

Erzieherin von unserer Gruppe schließlich ins Krankenhaus.

»Vorsichtshalber«, sagt sie und schielt mitleidig auf mein geschwollenes Knie.

Aber auch im Krankenhaus beruhigen sie mich: »Das ist irgendetwas mit dem Muskel. Das musst du nur gut kühlen, dann geht das schon wieder weg.«

Ich beiße also die Zähne zusammen. Wenn die Ärzte meinen, dass alles in Ordnung ist, will ich nicht jammern.

Also kühle ich beinahe rund um die Uhr. Und tatsächlich: Es wird besser! Die Schwellung geht zurück und schließlich bekommt mein Knie sogar wieder seine alte Farbe.

Nach zwei Wochen fragen mich die Kinder, ob ich nicht wieder mit ihnen Fußball spielen kann.

»Klar!«, rufe ich und renne glücklich auf die Wiese.

Doch schon beim ersten Schuss fühlt es sich an, als würde mir jemand mit einem Messer ins Knie stechen.

Also wieder zum Arzt. Diesmal macht der Doktor ein ernstes Gesicht. »Kreuzbandriss!«, lautet seine Diagnose. Ich soll sogar operiert werden! Ich bin am Boden zerstört. Nicht wegen des Eingriffs. Ich habe kein Problem mit Kliniken, Ärzten, Spritzen, Narkosen. Mein Problem ist: Ich darf nicht mehr Fußball spielen!

»Mindestens ein Jahr nicht«, verkündet der Arzt.

Für mich kommt das einer mittleren Katastrophe gleich. Fußballspielen ist mein einziges Hobby. Wenn ich spiele, vergesse ich alles. Dann spüre ich kein

Heimweh, keine Angst um meine Familie, keine Trauer um meinen Vater und um meinen verschleppten Bruder. Dann sehe ich auch die schlimmen Bilder nicht, die sich in mein Gedächtnis gegraben haben. Dann bin ich wirklich frei.

Und nun darf ich nicht mehr.

Ich könnte heulen vor Wut und Kummer.

Max schaut mich bestürzt an, als ich ihm davon erzähle. Diesmal fällt selbst meinem Freund mit dem sonnigsten Gemüt der Welt nichts ein, was mich aufmuntern könnte. Zerknirscht sieht er mich an. »Ein Jahr ist doch schnell rum«, versucht er es.

Ich verziehe das Gesicht. »Ein Jahr ist eine Ewigkeit!«, knurre ich.

Max presst die Lippen aufeinander und guckt betroffen. Er weiß ja, dass ich recht habe. Deshalb wechselt er die Taktik: neues Thema. Ablenken! Ablenken ist gut!

»Sag mal, weißt du schon, ob das mit deinem Praktikum klappt?«, fragt er.

Darauf springe ich sofort an. Demnächst geht nämlich ein Schülerpraktikum los, auf das ich mich sehr freue. Jeder durfte sich einen Beruf aussuchen, der ihn interessiert. Ich habe mich natürlich bei einem Elektromeister aus der Gegend beworben. Und weil unsere Schule ein Berufskolleg ist, also eine Schule mit einem Elektrotechnikschwerpunkt, habe ich auch schnell eine Zusage bekommen. Ich freue mich riesig auf mein Praktikum. Drei Wochen lang richtig arbeiten. Das finde ich großartig. Zumindest stelle ich es mir großartig vor.

Im Geiste sehe ich mich schon Radios und Fernseher reparieren – wie früher mit meinem Vater.

Aber wie sich ziemlich schnell herausstellt, habe ich offenbar falsche Vorstellungen. Und ich wundere mich mal wieder über Deutschland. Da heißt es nämlich: »Du hast ja keine Ausbildung.«

Ich: »Doch. Mein Vater hat mir das beigebracht.«

Vehementes Kopfschütteln. »Aber du hast keinen Abschluss.«

Ich, ratlos: »Wieso Abschluss?«

Diese Diskussion führe ich gefühlt mit jedem Erwachsenen, sobald die Sprache auf mein Praktikum kommt. Also mit sämtlichen Lehrern und Erziehern.

Und was lerne ich daraus?

In Deutschland braucht man immer einen Abschluss. Ein Zertifikat. Da reicht es nicht, dass man etwas schon jahrelang gemacht hat. Dass man quasi damit aufgewachsen ist. Das hat in Deutschland keinen Wert. Entscheidend ist der schriftliche Nachweis. Das ist doch merkwürdig!? Ich meine: Mein Vater hatte auch keinen Abschluss als Elektriker. Trotzdem haben ihm die Leute alles zum Reparieren gebracht. Ich glaube, bei uns gab es eh nur Studienabschlüsse – für Mediziner, Lehrer oder Ingenieure. Die meisten anderen haben das gemacht, was sie irgendwo bei irgendwem gelernt haben.

Doch weil das hier nun leider anders ist, darf ich bei meinem Praktikum den Elektromeister – mit Meistertitel-Urkunde an der Wand – zwar begleiten, aber ich darf nichts anfassen, außer vielleicht mal das Werkzeug. Ansonsten: »Nur gucken!«

Und streng genommen darf ich nicht einmal das. Zumindest nicht allzu intensiv …

Ich bin mit einem Kollegen bei einer Frau, deren Fernseher kaputtgegangen ist. Sie ist ganz aufgelöst deshalb.

»Ich schaue doch immer meine Sendung, wissen Sie. Die mit dem Horst Lichter.«

Dabei wirft sie mir einen kurzen Blick zu, den ich freundlich nickend erwidere. Obwohl ich keine Ahnung habe, wovon sie spricht. Wer ist Horst Lichter?

Mein Kollege Jens schraubt schon einmal ihren Fernseher auf. Und da er das direkt vor der Wand macht, habe ich nicht mal Platz, um ihm über die Schulter zu schauen. Während er also jedes Kabel inspiziert, brummt und schnauft und schraubt und klappert, würde ich mich am liebsten auf einen der mit rosa Samt gepolsterten Stühle setzen. Aber ich weiß, dass das nicht so gut ankäme. Und ich will die ältere Dame ja nicht verärgern. Also stehe ich mir die Beine in den Bauch und sehe mich gelangweilt um. Hier haben die Tapeten schnörkelige Muster, die schweren Samtvorhänge Rüschen und das Sofa – ebenfalls mit Samt bezogen – dunkle, geschwungene Beine. Also mein Geschmack ist das nicht. Da finde ich sogar mein schlichtes Heimzimmer schöner. Freundlicher. Und heller. Unsere Kundin hat sich eingerichtet, als würde sie in einem Schloss leben – oder in einem Sarg. Denn ihr Wohnzimmer ist viel zu klein und zu eng für diese pompöse Ausstattung.

Als ich wieder zu meinem Kollegen schaue, merke ich, dass die Frau mich mustert. Ich lächele ihr wieder artig zu und nicke, als wolle ich grüßen. Immer schön freundlich ...

Endlich ist Jens fertig mit seiner Reparatur. Er drückt auf die Fernbedienung und prompt erscheinen zwei Polizisten auf dem Bildschirm, die mit irgendwem diskutieren.

»Geht wieder!«, kommentiert er, was ohnehin jeder sieht.

Mit einem zufriedenen Grunzer wirft er laut klirrend sein Werkzeug auf die Tasche, das ich sofort ordentlich einsortiere. Denn das ist Praktikantenaufgabe.

Mein Kollege poltert: »So, gute Dame. Nun können Sie Ihre Sendung schauen.«

Die gute Dame drängt sich an uns vorbei, um zu testen, ob die Fernbedienung auch bei ihr reagiert.

Jens verdreht hinter ihrem Rücken die Augen und ich verkneife mir ein Grinsen, während im Fernseher nun eine Familie beim Essen zu sehen ist.

»Sehr schön«, lobt unsere Kundin, ehe sie uns zur Tür begleitet.

»Früher hat man immer Trinkgeld bekommen«, murrt mein Begleiter, als er den Wagen startet.

Und ich frage: »TRINK-Geld?«

Mein Kollege lacht. »Ja, dann hätten wir uns jetzt einen Kaffee holen können.«

Obwohl ich nichts schrauben oder reparieren darf, macht mir mein Praktikum Spaß. Jens ist wirklich nett. Und oft bekomme ich tatsächlich Trinkgeld, sodass wir uns einen Kaffee kaufen können. Wobei ich versuche, so viel wie möglich davon zu sparen.

Aber am meisten gefällt mir, dass ich so wenigstens mal was von Deutschland sehe. Wie wohnen die Leute hier? Wie verbringen sie ihre Tage? Wie gehen sie miteinander um? Mich interessiert das. Und ich bin immer wieder überrascht, wie anders hier alles ist. Viele Leute haben beispielsweise nicht einmal Teppiche in ihren Wohnungen oder Häusern. Dafür jede Menge Haustiere. Häufig Hunde! Die Familien sind klein. Und kaum einer bietet uns etwas zu trinken an. Alleine das wäre in Syrien unvorstellbar! Da wäre man vermutlich von jeder Familie zum Essen eingeladen worden. Selbst die unbeteiligten Nachbarn hätten zumindest einen Tee angeboten. Einfach so. Im Vorbeigehen. Aber so sind die Deutschen nicht. Damit meine ich nicht, dass sie unfreundlich sind, aber sie wollen doch lieber für sich sein. Wir Syrer wollen immer quatschen und feiern und dabei möglichst viele Leute um uns haben. Unsere Mentalität ist anders. Trotzdem mag ich die Deutschen. Sie sind ordentlich. Und genau. Verlässlich und berechenbar. Das hat durchaus etwas für sich! Manchmal allerdings überraschen sie mich trotzdem.

Als ich ein paar Tage später nach der Arbeit zurück ins Heim komme, ruft Christa mich ins Büro. »Magst du etwas trinken?«, will sie wissen.

Ich nicke. Und wundere mich ein bisschen. Wenn sie sich so benimmt, ist meistens etwas vorgefallen. Aber ich kann mich an nichts erinnern ...

»Stell dir vor, Abdullah: Dein Chef hat mich angerufen.«

Sofort klopft mein Herz etwas schneller. Denn so wie Christa guckt, bedeutet dieser Anruf nichts Gutes. Habe ich etwas falsch gemacht? Ich bin immer pünktlich gewesen und habe das Werkzeug ordentlich sortiert.

Christa guckt zerknirscht. »Bei deinem Chef hat eine Frau angerufen, bei der ihr einen Fernseher repariert habt.«

»Ist der Fernseher schon wieder kaputt?«, frage ich arglos.

Christa schüttelt den Kopf. »Nein, das heißt: Das weiß ich nicht. Die Frau hat angerufen, weil sie Angst hat, dass du bei ihr einbrechen könntest.«

Ich ziehe die Augenbrauen hoch. »Ich?«

»Ja, du hättest dich bei ihr so umgesehen.«

Überrascht schaue ich Christa an. »Ja, aber doch nicht, weil ich ...«

Weiter komme ich nicht. Christa legt mitfühlend ihren Kopf schief. »Ja, das weiß ich doch, Abdullah! Das habe ich ihm auch erklärt. Dass ich für dich die Hand ins Feuer lege. Und er hat auch gleich versichert, wie sehr er dir vertraut.«

Fassungslos schüttele ich den Kopf.

»Mach dir keine Gedanken, Abdullah. Aber vielleicht denkst du daran, wenn du das nächste Mal irgendwo bist. Die Leute reagieren eben manchmal ein bisschen merkwürdig auf …« Sie weiß nicht, wie sie's sagen soll, ringt sich dann aber doch dazu durch. »… auf Flüchtlinge, meine ich.«

Da ist es wieder. Wir Flüchtlinge sind in den Augen vieler nicht nur Bombenleger, sondern auch Einbrecher. Dieser Generalverdacht gehört wohl zu einem Flüchtlingsleben in Deutschland dazu. Aus diesem Grund muss man sich als Moslem auch ständig vom Terror distanzieren. Da wird nicht selbstverständlich davon ausgegangen, dass man solche Verbrecher ebenfalls für Verbrecher hält. Man muss es permanent betonen.

Manchmal finde ich es wirklich frustrierend. Dann muss ich mich daran erinnern, wie unwichtig es eigentlich ist, was manche Leute von einem denken. Hauptsache, die Kinder und Erzieher in meinem Heim sind nett zu mir. Außerdem sind ja nicht alle so. Manche reagieren auch sehr freundlich. In meiner Klasse zum Beispiel behandeln sie mich – mit Ausnahme von Ralf – ganz normal. Wie Abdullah. Nicht wie einen Flüchtling.

Eigentlich läuft auch sonst alles prima. Im Unterricht komme ich gut mit. Der Hund der Erzieherin macht inzwischen ganz selbstverständlich einen Bogen um mich. Und ich habe Freunde. Sogar mit Julia verstehe ich mich inzwischen richtig gut.

Sie und Max sitzen neben mir, als wir am 16. Oktober 2016 meinen 18. Geburtstag feiern. Natürlich wieder mit Christas sensationellem Blechkuchen.

»Du bist doch noch gar nicht 18!«, zieht Julia mich

auf. »Gib's ruhig zu: Du hast dir diese Feier erschlichen.«

Ich verdrehe demonstrativ die Augen und winke ab.

Max lacht. Er kennt das schon, dass Julia mich aufzieht.

»Wenn du Geburtstagskuchen willst, dann zeig mir doch mal deinen Ausweis«, verlangt Julia und grinst mich frech an.

Sie weiß genau, dass in meinem Pass als Geburtsjahr 1999 steht. Demnach wäre ich tatsächlich noch nicht 18. Das liegt allerdings daran, dass meine Eltern mich einfach ein paar Monate verspätet bei der Stadtverwaltung angemeldet haben. Eigentlich ganz unspektakulär – und gar nicht so unüblich. Bei uns in Syrien finden nämlich die meisten Geburten zu Hause statt, da man in der Klinik für eine Entbindung viel Geld zahlen müsste. Ich verstehe mal wieder die ganze Aufregung nicht. Hauptsache, man selbst weiß, wann man geboren ist, oder? Aber in Deutschland scheint das ein »Ding der Unmöglichkeit« zu sein.

Auch Christa wusste erst nicht so recht, ob sie die Sache mit meinem vorzeitigen Geburtstag ernst nehmen soll. Ich musste ihr mehrfach versichern, dass das Datum in meinem Pass nicht stimmt.

Auch jetzt bei unserer kleinen Feier schaut sie ab und zu skeptisch zu mir rüber. So als würde sie nur darauf warten, dass ich gleich aufspringe und lachend »Reingelegt!« rufe.

Einmal fragt sie im Vorbeigehen: »Schmeckt's?«

»Danke!«, entgegne ich. »Sehr lecker!«

Daraufhin schmunzelt Christa, mit einem Blick, den ich nicht richtig deuten kann.

Aber richtiges Geburtsdatum hin oder her: Fest steht jedenfalls, dass es für mich von Vorteil ist, laut Pass ein paar Monate jünger zu sein. So kann ich nämlich länger im Kinderheim bleiben. Denn sobald ich offiziell volljährig bin, ist ein Kinderheim nicht mehr der richtige Platz für mich.

Auch Julia und Max müssen bald überlegen, wie es für sie weitergeht, da sie genauso alt sind wie ich. Als wir abends einmal zusammen vor dem Fernseher sitzen und irgendeine amerikanische Fernsehserie gucken, Chips essen und Cola trinken, schlägt Max vor: »Wir sollten zusammen in eine Wohngemeinschaft ziehen. Das wäre doch total cool.«

Julia winkt ab. »Schon klar. Damit ihr jemanden habt, der hinter euch aufräumt.«

Julia ist nämlich deutlich ordentlicher als wir. Max und ich grinsen.

»Na, einer muss doch aufräumen«, meint er trocken und Julia zieht eine Schnute.

Insgeheim kann ich mir gar nicht vorstellen, alleine zu wohnen. Deshalb gefällt mir die Vorstellung von einer gemeinsamen Wohnung richtig gut.

»Ich koche dann immer syrisch für euch«, verspreche ich und nehme mir vor, meine Mutter beim nächsten Telefonat nach dem Rezept für mein Lieblingsgericht zu fragen.

»Und wer räumt danach die Küche auf?«, fragt Julia gespielt maulend.

»Das machen wir gemeinsam«, erkläre ich und knuffe ihr dabei freundschaftlich in die Seite.

Ich möchte unbedingt mit Max und Julia in eine WG ziehen! Ich möchte weder alleine leben, noch möchte ich mich wieder in einer neuen Gruppe behaupten müssen. Schließlich erinnere ich mich genau daran, wie ich vor etwa einem Jahr hier angekommen bin. Wie schwierig das war.

Aber auch den anderen scheint die Vorstellung einer gemeinsamen WG gut zu gefallen. Vermutlich können Julia und Max sich ebenfalls nicht vorstellen, alleine zu leben. Und wir verstehen uns richtig gut.

Seit wir das Thema zum ersten Mal angeschnitten haben, sprechen wir kaum noch über etwas anderes. Die Frage ist nur: Wird das klappen? Und wie sollen wir das finanzieren?

Die Betreuer versprechen, uns dabei zu helfen, alle nötigen Anträge zu stellen. Außerdem wollen wir Geld dazuverdienen.

Allerdings müsste ich dafür erst einmal wissen, wie es bei mir weitergeht. Im nächsten Jahr habe ich meinen Realschulabschluss. Soll ich danach eine Ausbildung machen? Oder lieber das Fachabi und später studieren? Ich nehme mir vor, das Ganze mit meinem ältesten Bruder Walid zu besprechen, wenn wir das nächste Mal telefonieren. Walid weiß immer Rat. Er hat viel von meinem Vater.

Kurz vor der Flucht

Es ist bereits das zweite Unglück in einer Woche: Bis zu 920 Flüchtlinge sind im Mittelmeer ertrunken. Dabei war die Rettung bereits zum Greifen nah. Gegen 23.30 Uhr am späten Samstagabend geht bei der italienischen Küstenwache ein Notsignal ein. [...] Die Küstenwache schickt daraufhin das portugiesische Handelsschiff »King Jacob«, das in der Nähe unterwegs ist, zu den Hilfesuchenden. Als die »King Jacob« bald darauf das Boot erreicht, spielen sich an Bord dramatische Szenen ab. Auf dem 20 bis 30 Meter langen Kutter – eigentlich für knapp zwei Dutzend Menschen zugelassen – sind Hunderte Menschen zusammengepfercht. Als die Menschen an Deck die »King Jacob« erblicken, drängen sie auf die Seite, von der sich das Containerschiff nähert – in der Hoffnung auf Rettung. Der Kutter, der ohnehin schon nicht mehr manövrierfähig ist, gerät gänzlich in Schieflage. »Das Boot ist gekentert und gesunken, noch bevor wir die Rettungsboote zu Wasser lassen konnten«, wird der Kommandant des portugiesischen Frachters zitiert.

Focus online, 20. April 2015

Je häufiger Walid davon sprach, dass wir Syrien verlassen müssen, desto häufiger saß ich in seinem Internetcafé und suchte nach Berichten über andere syrische Flüchtlinge, die in Richtung Europa aufgebrochen waren. Und ganz ehrlich: Diese Berichte klangen nicht gerade ermutigend. Auch Mama hörte bei jedem Marktbesuch neue Horrorgeschichten, die sie uns natürlich sofort weitererzählte. Sie hatte ihre vollen Taschen noch nicht in der Küche abgestellt, da ging es schon wieder los: »Angeblich verhungern die Leute in den griechischen Flüchtlingslagern. Wenn sie nicht sowieso von ihren Schleppern ausgeraubt oder ermordet werden oder im Mittelmeer ertrinken.« Sie holte kurz Luft. »Ich habe eine ehemalige Lehrerkollegin getroffen. Sie sagte, dass man sogar auf die Menschen schießen würde, wenn sie die türkische Grenze überquerten.« Während ihrer Schilderungen suchte sie den Blickkontakt zu Walid. Ihre Absicht war schon klar: Sie wollte Walid seine Fluchtidee ausreden. Doch der ging gar nicht darauf ein. »Hier sterben die Leute auch«, entgegnete er bloß und verließ demonstrativ den Raum. Er wollte sich keine Angst einjagen lassen. Ich mir eigentlich auch nicht. Trotzdem klebte ich jedes Mal an Mama und fragte ganz genau nach: »Und wer hat da geschossen? Und warum verhungern die Leute?« Doch Mama seufzte dann bloß und räumte ihre Einkäufe in die Schränke. Sobald Walid aus dem Raum war, war sie deutlich weniger redefreudig …

Seitdem Flucht unser ständiges Thema war, kuschelte ich mich jeden Abend in mein Bett, strich erst einmal dankbar über mein weiches weißes Laken und sog genussvoll den sauberen Geruch von frisch gewaschener

Wäsche ein. Beim Frühstück kaute ich gleich doppelt so lange auf meinem köstlichen arabischen Brot herum. Und obwohl ich mit 16 eigentlich schon viel zu alt dafür war, nahm ich Mama und Raghad bei jeder Gelegenheit in den Arm und wollte sie am liebsten nicht mehr loslassen. Und den beiden schien es genauso zu gehen. Wir alle spürten, dass unsere gemeinsamen Tage gezählt waren.

Walid erkundigte sich in der Stadt neuerdings ständig nach Schleppern, die für viel Geld Menschen über die türkische Grenze brachten. Zu Beginn des Kriegs musste man noch fragen, ob irgendjemand jemanden kannte, der jemanden kannte, der wusste, wo man einen Schlepper fand. Aber mittlerweile betrieben mehr Schlepper kleine Büros in unserer Innenstadt, als es beispielsweise Obsthändler oder Schuhgeschäfte gab. Mein Bruder holte sich mehrere Angebote ein, verglich die Preise und gab sich alle Mühe, den Schlepper aufzustöbern, der den am sichersten klingenden Plan ausgearbeitet hatte.

Währenddessen wurden wir beinahe jeden Tag darin bestätigt, dass eine Flucht die beste Lösung für uns und kaum gefährlicher als das Leben in Rakka war. Denn die syrische Regierung flog weiterhin Angriffe auf uns und andere Rebellengruppen versuchten, den IS zumindest wieder aus einzelnen Stadtgebieten von Rakka zu vertreiben. Wer das Pech hatte, zur falschen Zeit am falschen Ort aufzutauchen, wurde von den IS-Leuten kurzerhand als lebendiges Schutzschild missbraucht.

Das Leben in Rakka wurde zunehmend unerträglich. Ich kannte keine einzige Familie, die nicht darüber nachdachte, ob und wie sie dieser Stadt entkommen könnte. Aber gerade Leute mit kleinen Kindern oder älteren Familienangehörigen wagten es meist nicht, sich auf diese gefährliche Reise zu begeben. Auch Mama hatte weiterhin Bedenken. Trotzdem wehrte sie sich nicht mehr, als Walid schließlich beim gemeinsamen Essen verkündete: »Mein Freund Tareq will demnächst nach Europa aufbrechen. Er wird Abdullah mitnehmen.«

Ich hätte mich beinahe verschluckt. Demnächst? Was hieß denn demnächst? Instinktiv schaute ich zu Mama rüber, die mir schräg gegenüber saß. Sie erwiderte meinen Blick nicht und griff stattdessen scheinbar unbeteiligt nach ihrem Wasserglas. Ein bisschen hoffte ich, dass sie eingreifen würde. Dass sie dagegen war und darauf bestehen würde, gemeinsam aufzubrechen. Oder irgendetwas in dieser Art.

Aber Mama blieb stumm. Ich bemerkte, dass ihre Augen verdächtig schimmerten. Mama versuchte, sich das Weinen zu verkneifen. Was sie in diesem Moment zu viel an Flüssigkeit hatte, hatte ich zu wenig: Mein Hals fühlte sich staubtrocken und furchtbar eng an. Ich konnte das Essen in meinem Mund kaum herunterschlucken. Nun wurde unsere Familie also noch weiter auseinandergerissen.

Walid warf mir einen eindringlichen Blick zu und befahl mir, meinen Rucksack zu packen. »Mehr nicht! Nur einen Rucksack. Und denke dran, dass du ihn selbst tragen musst! Ihr werdet viel laufen müssen!« Jetzt verging mir das Essen vollständig. Was hieß denn *viel laufen?* Wir konnten die 3.500 Kilometer doch nicht zu Fuß zurücklegen! Abzüglich der Strecken, die wir mit dem Boot fahren würden. Gedankenverloren stocherte ich in meinem Essen herum. Mir war nicht nur der Weg unklar – ich kannte auch das Ziel nicht. »Wo sollen wir denn hin?«, fragte ich deshalb. »Nach Europa«, antwortete Walid. Na toll. Europa war ja nicht gerade klein ... »Aber da kennen wir doch niemanden!« »In Europa wird sich ein Staat um dich kümmern.« Ein Staat? Wie sollte sich denn ein Staat um mich kümmern? Inzwischen war auch den anderen der Appetit vergangen. Normalerweise saßen wir nach dem Essen oft noch zusammen und redeten oder spielten Karten. Heute stand ich jedoch gleich auf und ging in mein Zimmer.

Ich packte gerade meinen Rucksack, als Walid zu mir kam und erklärte, dass der genaue Termin zwar noch nicht feststand, aber man besser vorbereitet sei: »Du musst spontan aufbrechen können. Je nachdem, was gerade im Land und an der Grenze los ist.« Das klang überhaupt nicht nach einem sicheren Plan, fand ich. Walid zuckte mit den Schultern. Einen besseren gab es offenbar nicht.

Etwas ratlos ließ er mich mit meinem Rucksack zurück. Was packte man denn für eine Flucht nach Europa? Da ich wohl tatsächlich viel laufen würde, packte ich zuerst meine Nikes als Ersatzschuhe ein. Falls meine

Lieblingsschuhe, die 90er, womöglich doch drückten. Solche langen Strecken war ich schließlich noch nie zuvor marschiert. Vielleicht lief ich sogar meine Sohlen durch? Am liebsten hätte ich noch ein zweites Paar Sneaker eingepackt. Leider war der Rucksack aber jetzt schon ziemlich voll. Dann legte ich mein Handy dazu. Das brauchte ich. Das war meine einzige Möglichkeit, permanent mit meiner Familie in Kontakt zu bleiben. Außerdem meinte Walid, dass ich auch meine Kontaktpersonen auf der Flucht so immer erreichen könnte. Nun noch das Ladegerät. Das war am zweitwichtigsten. Außerdem zwei T-Shirts und eine Hose. Unterwäsche, Socken, Zahnbürste, Zahnpasta und ein Handtuch. Damit war der Rucksack voll.

Walid kam zurück in mein Zimmer und gab mir einen Steckdosenadapter für die Türkei und ein dickes Bündel Geldscheine. Türkische Lira. »Die wirst du brauchen! Verstecke das Geld gut. Und zeige niemandem, wie viel du dabeihast.« Meine Kehle war wie zugeschnürt. Ich hatte Angst. Walid drückte mich kurz an sich. »Tareq ist bei dir. Ihr werdet aufeinander achtgeben.« Ich war wirklich froh, dass ich mich nicht ganz alleine auf den Weg machen musste. Außerdem mochte ich den Freund meines Bruders – auch wenn er nicht viel älter war als ich. Definitiv noch keine 20. Trotzdem fühlte ich mich in den folgenden Tagen locker 1.000 Kilo schwerer. Davon hingen etwa 800 Kilo an meinem Herzen und 100 in jedem Bein. Ich wollte nicht weg! Schon gar nicht ohne den Rest meiner Familie!

Mama brach jedes Mal in Tränen aus, wenn sie mich sah. Meine kleine Schwester schaute dann ganz verstört. Sie verstand überhaupt nicht, was los war. Als Walid eine Woche später nach Hause kam und verkündete, dass es am nächsten Morgen losgehen sollte, rannte Mama – gefolgt von Raghad – heulend aus dem Raum. Es war furchtbar! Beim Abschied am nächsten Tag wollte sie mich dann gar nicht loslassen. Walid musste mich förmlich von ihr losreißen. Nun verstand ich auch, warum es los*reißen* hieß. Es war wirklich wie ein Riss. Eine unschöne Trennung, die sich nicht wieder sauber flicken ließ. Und so fühlte sich auch mein Herz an. Wie ein zerrissener Fetzen. Ich fragte mich, wie es jemals wieder heilen sollte …

Als Tareq und ich dann morgens um fünf Uhr an einer ruhigen Straße am Rande der Stadt standen, war ich völlig aufgelöst. Tareq schien es ähnlich zu gehen. Quasi als Ablenkung von unserem Schmerz reckten wir unseren Hals, um nach unserem Schlepper Ausschau zu halten. Wir sprachen auch von nichts anderem. »Wo bleibt er denn?«, fragten wir beispielsweise im Minutentakt. Und als Tareq meinte: »Hoffentlich hat er uns nicht vergessen«, da dachte ich, dass ich gar nichts dagegen hätte. Gleichzeitig wusste ich aber auch, dass es nur ein kurzer Aufschub wäre. Und dass ich dann noch einmal so eine schmerzhafte Trennung von meiner Familie durchmachen müsste.

Der Schlepper hatte uns zu einem entlegenen Fleck bestellt. Als ich auf mein Smartphone tippte, verriet mir das leuchtende Display, dass er schon 27 Minuten zu spät war. Wortlos traten Tareq und ich von einem Bein auf das andere. Dabei entfuhr mir ein Seufzer, als ich wieder an den tränenreichen Abschied von meiner Mutter und meiner kleinen Schwester Raghad dachte. Jetzt tat es mir leid, dass ich nicht mehr mit Raghad unternommen hatte. Eigentlich hatten wir uns hauptsächlich bei den gemeinsamen Essen gesehen. Ansonsten hatte sie vor allem mit ihren Puppen gespielt und ich am Computer oder mit meinen Freunden.

Kleine Raghad.

Wer weiß, wie groß sie war, wenn ich sie das nächste Mal sah. Wenn ich sie überhaupt jemals wiedersah ... Mein Magen krampfte sich zusammen. Gut, dass ich heute Morgen noch nichts gegessen hatte! Aber Mama hatte mir natürlich ein riesiges Lunchpaket gepackt. Obwohl ich mich dagegen gewehrt hatte: »Das passt doch gar nicht in meinen Rucksack!« »Du wirst noch froh sein, dass du es hast!«, hatte sie dagegengehalten. Momentan konnte ich mir allerdings gar nicht vorstellen, je wieder Hunger zu bekommen. Ich hatte jetzt schon Heimweh, obwohl ich kaum eine halbe Stunde von zu Hause weg war. Meine Brüder hatten mich mit den Worten verabschiedet: »Wir sehen uns dann in Europa!« Hoffentlich behielten sie recht! Sie alle wollten nach und nach aus Syrien fliehen. In kleinen Gruppen. So unauffällig wie möglich. Wieder schaute ich auf mein Handy. 5 Uhr 45. Es dämmerte bereits. Da bog ein kleiner Bulli um die Ecke. Seine kreisrunden

Scheinwerfer warfen lange Lichtkegel auf die Straße. »Na, dann mal los!«, meinte Tareq und schwang seinen Rucksack über die Schulter. Ich schluckte. Nun war es so weit!

Im Bus saßen bereits mehrere Syrer eng zusammengequetscht. Kleine Kinder quengelten und weinten. Das war nicht gut! Oft verriet das Geschrei kleiner Kinder die Flüchtlingsgruppen. Ich sah zu Tareq, der zwar das Gesicht verzog, aber dennoch einstieg. Der Fahrer streckte seine Hand aus. Seine Finger kamen mir wie Klauen vor. Er wollte das Geld. Die ersten etwa 2.000 Euro. Ausgezahlt in türkischen Lira. Tareq und ich drückten es ihm in die Hand. Erst nachdem er die Scheine zweimal gezählt hatte, trat er aufs Gas. Unser erstes Ziel: die türkische Grenze.

Über sechs Stunden dauerte die Fahrt. Über Aleppo. Und Afrin. Noch nie zuvor hatte ich so lange in einem Auto gesessen. Es war zermürbend. Gleichzeitig wünschte ich mir, die Fahrt würde noch ewig dauern. Am liebsten würde ich mein Leben vorspulen. Oder zurückspulen. Auf jeden Fall würde ich viel dafür geben, nicht in diesem Moment sein zu müssen! Bei jeder Straßenkontrolle stand ich Todesängste aus.

Offiziell besuchten wir alle Freunde oder Verwandte in anderen syrischen Städten. Aber wenn ich mich umsah, bildete ich mir ein, dass unsere angespannten Gesichter unsere Fluchtpläne sofort verrieten. Trotzdem ließ man uns jedes Mal weiterfahren. Unbehelligt.

Weil Tareq die meiste Zeit schlief, hatte ich genügend Zeit, die anderen Flüchtlinge zu beobachten. Keiner meiner Mitfahrer hatte mehr als einen Rucksack bei sich. Da glaubte man immer, man würde ein Fußballtrikot vom FC Barcelona brauchen, einen echten Lederfußball und das coolste Fahrrad der Welt. Letztendlich passte das Leben dann aber doch in einen kleinen Rucksack. Ich seufzte. Da gab es plötzlich einen Ruck und der Bulli kam zum Stehen.

Der Fahrer sprang heraus und öffnete unsere Tür. Während wir herausstolperten und unsere eingeschlafenen Glieder streckten, rief er: »Ihr müsst dort lang laufen!«, und wedelte mit seinem rechten Arm in Richtung Wald und Berge. »Da ist die Grenze. Da müsst ihr lang! Hinter der Grenze wartet mein Kollege auf euch.« Dann stieg er wieder in seinen Wagen. Aus dem heruntergekurbelten Fenster rief er noch: »Aber wartet, bis es dunkel ist!«, und knatterte davon.

Ich sah zu Tareq. »Und dafür haben wir jetzt so viel Geld gezahlt? Ich dachte, er bringt uns über die Grenze.« »Das habe ich eigentlich auch gedacht«, entgegnete Tareq zögernd. Ein paar unserer Mitfahrer hatten bereits Kinder und Rucksäcke geschultert und marschierten los. Tareq folgte ihnen schließlich. »Komm, Abdullah! Da stehen wir wenigstens geschützter.« »Geschützter vor was?«, fragte ich. Aber Tareq zuckte wieder bloß mit den Schultern. Wir hockten uns genau wie die anderen im Wald auf den Boden und teilten uns das Essen, das Mama mir eingepackt hatte. »Lecker!«, schmatzte Tareq. Einen kurzen Moment hatte unsere

Flucht etwas von einem harmlosen Waldausflug. Die Kinder spielten mit Ästen und Tannenzweigen. Die Männer liefen hinter ihnen her, um auf sie aufzupassen, und die Frauen saßen zusammen und quatschten. Zwei andere Jugendliche in meinem Alter schielten ab und zu zu uns rüber. Sie waren ebenfalls ohne ihre Eltern unterwegs. Ich war froh, dass ich Tareq bei mir hatte. Er lehnte sich an einen Baumstamm und schloss schon wieder die Augen. Wie konnte man in dieser Situation nur ständig so entspannt schlafen? Ich zumindest war hellwach. Einen kurzen Moment überlegte ich, mein Handy zu nehmen, um meinen Freunden eine Nachricht zu schicken oder zu spielen, aber dann verkniff ich es mir. Wer wusste schon, wann ich das nächste Mal den Akku laden konnte und ob ich das Telefon nicht noch brauchen würde …

Als es endlich dämmerte, wurde es in unserem Lager unruhig. Männer berieten, ob jetzt schon ein guter Moment für den Aufbruch war, und kamen anscheinend überein, dass man sich allmählich auf den Weg machen sollte. Sie riefen ihre Frauen und Kinder zusammen und winkten auch Tareq, mir und den anderen beiden Jugendlichen. Die Wanderung begann.

Zuerst stapften wir eine Weile durch den Wald. Die Kinder maulten schon nach wenigen Metern. Ihre Eltern taten mir leid. Sie mussten nicht nur das doppelte Gepäck tragen, sondern obendrein auch noch ihre Kinder. Tareq und ich überlegten, ob wir ihnen unsere Hilfe anbieten sollten. Aber schließlich entschied sich

Tareq dagegen. »Lieber nicht, Abdullah. Wer weiß, was noch vor uns liegt.« Wir schonten also unsere Kräfte. Vorsichtshalber.

Fortan schielten wir alle paar Meter mit einem schlechten Gewissen zu den Vätern und Müttern rüber, die sich verbissen durch den dichter werdenden Wald kämpften. Bald wurde es auch noch dunkel. Ständig blieb ich an irgendwelchen Pflanzen oder abgerissenen Ästen hängen. Ich hörte die anderen Flüchtlinge schnaufen und schimpfen. Der Weg wurde immer beschwerlicher. Irgendwann ging es nur noch steil bergauf. »Ich fühle mich wie eine Bergziege«, motzte Tareq. Obwohl wir beide ziemlich sportlich waren, kamen wir mächtig ins Schwitzen. Tareq schnaufte: »Die Schlepper sind ihr Geld wirklich nicht wert. Wir machen nicht nur den gefährlichsten Teil dieser Reise alleine, sondern auch noch den anstrengendsten. Das nächste Mal buchen wir eine andere Reisegesellschaft!« Ich lachte. Schließlich war ich mir ziemlich sicher, dass es kein nächstes Mal geben würde. Wir stapften weiter. Bis wir irgendwo in der Ferne eine Lichterkette erspähten, die sich quer durch die Landschaft zu ziehen schien. »Die Grenze«, keuchte ich. Für einen kurzen Moment blieben wir beinahe andächtig stehen. Die erste Etappe war so gut wie geschafft.

Zumindest redeten wir uns das ein. Tatsächlich stolperten wir gerade einem der kritischsten Momente unserer Reise entgegen: der Grenzüberquerung. Früher galt die syrisch-türkische Grenze als weitestgehend unbewacht. Da mussten Spaziergänger beinahe aufpassen, dass sie nicht versehentlich in der Türkei landeten. Heute war das anders. Heute patrouillierten olivgrün gekleidete Männer in olivgrünen Geländewagen die Grenze entlang. Man plante sogar, eine Betonmauer zu bauen, um die Syrer an der Flucht in die Türkei zu hindern.

»Hoffentlich schaffen wir es überhaupt noch im Dunkeln über diese Grenze«, knurrte Tareq. Prompt ging er einen Schritt schneller. Tatsächlich hatten wir noch einen weiten Weg vor uns. Aber zumindest sahen wir nun schon einmal das Ziel. Unser erstes Ziel ... »Immerhin sind wir in die richtige Richtung gelaufen«, erwiderte ich optimistisch und beeilte mich, mit Tareq Schritt zu halten. Ich war wirklich erleichtert, dass diese Schlepper uns in die richtige Richtung geschickt hatten. Das stärkte meine Hoffnung, dass auf der anderen Seite wie versprochen ein Bus auf uns warten würde. Ich warf noch einmal einen Blick zurück auf die schwer bepackten und immer gebeugter laufenden Väter. Als ich mich wieder zu Tareq umdrehte, grinste der mich an. »Na komm! Nehmen wir ihnen etwas ab!« Die Kinder wollten sich allerdings nicht von uns tragen lassen. Sie schrien schon los und klammerten sich mit aller Kraft an den Hals ihrer Mütter und Väter, sobald Tareq und ich auch nur in ihre Nähe kamen. Gut. Dann eben die Taschen. War uns eh lieber.

Eine ganze Weile marschierten wir stramm weiter. Doch je näher wir den Lichtern kamen, desto langsamer wurden wir. Denn allmählich mussten wir aufpassen, wohin wir traten, damit die Grenzer uns nicht hörten. Weil es inzwischen steil bergab ging, war es schwierig, bei jedem Schritt die Kontrolle zu behalten. Jedes zarte Knacken durchzuckte meinen Körper wie ein Blitz. Schließlich deutete Tareq mit dem Kopf an, dass wir uns ein Stück von der Gruppe entfernen sollten. Gute Idee! Die Kinder waren ein unkalkulierbares Risiko. Jeden Moment musste man damit rechnen, dass sie losbrüllten.

Jetzt konnten wir die Armeewagen, mit denen die türkischen Soldaten die Grenze kontrollierten, schon deutlich erkennen. Manchmal blieben sie stehen und ließen Scheinwerfer über den Hang gleiten. Mir stockte jedes Mal der Atem, wenn der Lichtkegel über mich hinweghuschte.

Dann plötzlich tönte ein schriller Aufschrei über den Hang. Ich zuckte zusammen. Wie ein Blitz war dieser Aufschrei in meinen Magen eingeschlagen. Und in meine Beine. Instinktiv ließ ich mich zu Boden fallen. Tareq warf sich direkt neben mich. »Was war das?«, zischte er. Dabei drückte er sich dicht an mich. Seine Augen waren weit aufgerissen und seine Nasenflügel bebten. Ich hielt die Luft an. Mein Herz raste. In geduckter Haltung verfolgten wir, wie der Lichtkegel der Grenzsoldaten in hektischen Zickzacklinien über den Hang sauste. Zweimal direkt über uns hinweg. Ein Wunder, dass sie uns hinter dem spärlichen Busch nicht entdeckten! Dann kam der Scheinwerfer ruckartig zum

Stehen. Im hellen Schein der Lampe rappelte sich einer der Jugendlichen aus unserer Gruppe auf und hob ängstlich seine Hände über den Kopf. Offenbar war er gestolpert und einen Teil des Hangs hinabgerutscht.

Mir wurde ganz heiß vor Aufregung. Die türkischen Soldaten sprangen laut rufend aus ihren Autos und rannten mit ihren Maschinengewehren auf den Jungen zu. Ich wünschte, ich könnte ihn jetzt einfach verschwinden lassen. Wegzaubern. Am besten uns alle. Es war der reinste Albtraum. Erstarrt beobachteten Tareq und ich, wie ein Grenzsoldat mit seinem Gewehrkolben auf den Jungen eindrosch, ehe er ihn hinter sich her zum Wagen schleppte. Die anderen Soldaten riefen sich etwas zu und begannen dann, den Hang zu durchkämmen. Offenbar wussten sie aus Erfahrung, dass Flüchtlinge meistens im Rudel auftraten.

Mir war speiübel. Es war klar, dass man uns gleich entdecken würde. Zumal unser Versteck denkbar ungünstig war – genau genommen war es gar keins. Wir lagen einfach hinter ein paar kahlen Büschen im hohen Gras. Und das nicht einmal besonders weit entfernt. Ich wagte es kaum, mich zu bewegen. Ganz vorsichtig sah ich mich um, ob sich in unserer Nähe nicht womöglich ein besserer Unterschlupf anbot. Ein dichter Busch. Oder ein großer Stein. Aber alles war zu weit weg. Unerreichbar. Wir mussten ausharren und hoffen, dass die Grenzer uns nicht entdeckten.

Ein lächerlicher Wunsch! Nur wenige Minuten später stand ein grimmig dreinschauender Soldat vor uns und riss mich grob am Arm. Dabei brüllte er mich auf Türkisch an. Ich verstand kein Wort. Aber das war auch nicht nötig. Die Situation war ja eindeutig. Ängstlich rappelten Tareq und ich uns auf. Wir rechneten damit, dass wir ebenfalls gleich Prügel beziehen würden. Stattdessen erklärte der Soldat uns auf Englisch, dass er uns jetzt ins Gefängnis sperren könnte. Wir ließen unsere Köpfe hängen und nickten ergeben. Die Männer führten uns und alle anderen Flüchtlinge unserer Gruppe zu ihren Wagen. Wir mussten einsteigen. Keiner sagte ein Wort. Ich dachte an die Geschichten von den ermordeten Flüchtlingen und schielte zu den Soldaten rüber. Immerhin waren das türkische Staatsbedienstete. Die werden uns ja wohl nicht ausrauben! Aber vielleicht brachten sie uns jetzt wirklich in ein Gefängnis?

Plötzlich stoppte der Wagen. Mitten auf einem Feld. Ängstlich sah ich zu Tareq. Was sollte das? Die Soldaten rissen die Tür auf und riefen: »Raus! Raus! Los jetzt!« Hektisch stolperten wir alle ins Freie. Die Soldaten schlugen die Autotür hinter uns zu, kletterten selbst wieder ins Wageninnere und bretterten davon. Wir sollten von hier aus offenbar zurück nach Syrien laufen. Sie hatten uns freigelassen! Einfach so!

»So ein Pech!«, brummte Tareq, als wir schließlich erschöpft wieder den Heimweg antraten. Aber ich schüttelte den Kopf. »Wir hatten Glück!«, korrigierte ich ihn. Immerhin waren wir weder ermordet noch ins Gefängnis gesperrt worden. Doch als ich zu ihm rübersah, merkte ich, dass er wirklich niedergeschlagen wirkte. Und allmählich dämmerte mir auch, warum. Seine Familie besaß bei Weitem nicht so viel Geld wie meine. Für ihn war es fraglich, ob sich eine zweite Flucht überhaupt finanzieren ließ. Immerhin verschlang jeder Fluchtversuch etwa das Vierfache eines durchschnittlichen syrischen Monatseinkommens. Und zwar das Vierfache eines durchschnittlichen Einkommens *vor* dem Krieg. Wir hatten das Glück, dass meine Eltern beide gut verdient und immer viel gespart hatten. Und da sowohl meine Brüder als auch ich arbeiteten, hatten wir trotz des Kriegs noch immer ein relativ hohes Familieneinkommen. Bei uns spielte Geld kaum eine Rolle. Zum ersten Mal spürte ich deutlich, wie privilegiert wir waren. Und so zahlte ich auch für Tareq den Bus nach Hause. Auch wenn sein Geld dafür sicher noch gereicht hätte.

Als ich meine Familie aus dem Bus anrief, um von der gescheiterten Flucht zu berichten, wirkten auch sie eher erleichtert als enttäuscht. Als ich schließlich am nächsten Tag endlich unser Haus erreichte, bombardierten sie mich sofort mit Fragen. Aber ich war zu müde. So müde wie noch nie zuvor in meinem Leben, sodass ich erst einmal bis zum folgenden Mittag schlief.

Als ich schließlich schlaftrunken in die Küche wankte, stieß ich beinahe mit Walid zusammen, der mir sofort eröffnete, dass er schon eine neue Flucht gebucht hatte. »Diesmal bei einem anderen Schlepper mit einem besseren Plan.« Ich stöhnte leise auf. Aber seit Papas Tod war er das Oberhaupt der Familie. Was er sagte, wurde gemacht. Deshalb nickte ich gehorsam, während in meinem Inneren jede einzelne Zelle den Aufstand probte. So fühlte es sich jedenfalls an. Mein Herz wurde schwer wie Stein, meine Füße ebenfalls, mir wurde schlagartig schlecht und das Blut in meinem Körper schien immer dickflüssiger zu werden, sodass ich mich ganz steif fühlte. Bewegungs- und fluchtunfähig. Walid stand mit gestrafften Schultern vor mir. »Diesmal wird Faisal mit dir reisen«, erklärte er. Ich sah ihm an, dass es ihn selbst viel Kraft kostete, mich gleich wieder fortzuschicken. Aber die Gelegenheit war anscheinend günstig. Faisal wollte offenbar schon in ein paar Tagen aufbrechen.

Ich holte tief Luft. Wegen der Flucht sowieso. Aber auch, weil ich ausgerechnet Faisal begleiten sollte. Mein Cousin war ungefähr in Walids Alter, also etwa 14 Jahre älter als ich. Bei jedem Familienfest gingen wir uns tierisch auf die Nerven. Und da war alles gut: Essen in unvorstellbaren Mengen vorhanden, es herrschte eine Superstimmung und es gab tausend Möglichkeiten, sich aus dem Weg zu gehen. Trotzdem raunzten wir uns sofort an, wenn wir uns versehentlich doch einmal begegneten. Ich hielt ihn für einen arroganten Angeber. Und er mich vermutlich für einen respektlosen Teenager. Denn meistens lachte ich bloß, wenn er dick auftrug und von seiner Arbeit, seinem neuen Haus oder dem tollen Auto erzählte, das er sich gerade bestellt hatte. »Mit Faisal?«, fragte ich deshalb gedehnt. Stöhnend verzog ich das Gesicht.

Aber Walid ging gar nicht darauf ein. »Wir müssen schauen, dass wir hier möglichst bald rauskommen. Es wird immer schwieriger, aus Syrien zu flüchten.« Ich wusste ja, dass er recht hatte. Trotzdem fand ich den Gedanken an eine erneute Flucht schrecklich. Ich wollte nicht wieder weg! Ich wollte nicht wieder diese Angst ausstehen müssen. Vor allem wollte ich bei meiner Familie bleiben! Warum konnten wir nicht wenigstens zusammen aufbrechen? »Das ist zu gefährlich!«, beschwor mich Walid. »So kannst du dich ganz auf dich konzentrieren!« Dann sah er mich eindringlich an. »Abdullah, wir können froh sein, dass wir uns eine Flucht überhaupt leisten können!« Ich musste an Tareq denken. Wie er kratzten viele Syrer für einen Fluchtversuch ihr letztes Geld zusammen. Wenn sie scheiterten, saßen sie mittellos und für alle Zeiten im Bürgerkrieg fest. Diesen Gedanken fand ich beinahe ebenso ungemütlich wie den Gedanken an die Flucht. Pest oder Cholera – da war es wieder.

Aber da in unserer Familie Walid ohnehin das Sagen hatte, stand ich genau fünf Tage nach meiner Rückkehr wieder am Straßenrand und wartete erneut auf einen Kleintransporter, der mich abholen sollte. Diesmal wollte man uns zu einer anderen Stelle fahren, damit wir dort die syrisch-türkische Grenze überqueren konnten. »Viel sicherer. Gut für Familien!«, hatte der Schlepper behauptet. Ich drückte dem Fahrer erneut 2.000 Euro in türkischer Lira in die Hand. Wieder schaukelten wir einmal quer durch das Land. Mit einem wesentlichen

Unterschied! Diesmal hatte ich ein Kind dabei. Mein Cousin und seine Frau hatten ein kleines Baby, einen Jungen, der gerade laufen konnte, und ein Mädchen, das knapp drei Jahre alt war. Ich sollte auf den mittleren, den einjährigen Ali, aufpassen. Das war vermutlich auch der Grund, warum mein Cousin überhaupt zugestimmt hatte, mich mitzunehmen. Ich war mir nämlich sicher, dass er mich genauso wenig mochte wie ich ihn. Er machte keinen Hehl daraus, wie lästig er meine Anwesenheit fand. Schon als ich mir nach dem Aussteigen aus unserem Bus noch einmal kurz die Schuhe zubinden wollte, rollte er demonstrativ mit den Augen, weil er mit seiner Familie auf mich warten musste. Dabei war die Flucht über die Grenze diesmal – im Vergleich zu meinem ersten Versuch – beinahe ein Kinderspiel. Dieser neue Schlepper hatte nämlich einen mannshohen Gang in die Erde gegraben und die türkischen Grenzsoldaten bestochen. So konnten wir unter den Augen der Soldaten von Syrien in die Türkei laufen. Ungemütlich wurde es nur, als wir aus der Ferne Schüsse hörten. Offenbar war es an der türkischen Grenze – wie so oft in den vergangenen Monaten – zu Kämpfen gekommen. Vermutlich mit Kurden. Deshalb trieben die Soldaten uns an. »Yallah! Yallah!«, riefen sie. Schneller! Schneller! Alle Flüchtlinge rasten so schnell durch den Gang, wie es eben möglich war. Hektisch wurde es bloß am Ende des Ganges – schon auf türkischem Staatsgebiet. Es gab nämlich keine Leiter. Aber da Faisal, seine Frau Yara und ich uns gegenseitig halfen, stellte auch das kein größeres Problem dar. Zumindest nicht für uns. Ich sah allerdings ältere Frauen heulend in diesem Gang stehen, die Hände schwarz vom Schmutz, die es einfach nicht nach oben schafften. Das tat mir im Herzen weh. Zumal es doch so einfach gewesen wäre, eine simple Leiter aufzustellen. Ich wollte gerade zu einer der Frauen gehen und ihr meine Hand reichen, da schubste mich mein Cousin weiter. »Nicht unser Ding!«, meinte er. Das war selbst für seine Verhältnisse überraschend fies. Ich zog die Augenbrauen hoch, fügte mich aber seiner Anordnung und schob sein herzloses Verhalten auf seine Anspannung, mit drei kleinen Kindern eine so gefährliche Flucht angetreten zu haben. Immerhin hatte vermutlich auch er gerade erst die Bilder von dem zwei- oder dreijährigen syrischen Flüchtlingsjungen gesehen, der tot an der türkischen Mittelmeerküste angeschwemmt worden war. Dieses Foto war um die Welt gegangen und von sämtlichen Zeitungen gedruckt worden. Ein kleiner Junge im roten T-Shirt, der am Strand lag, als würde er schlafen. Dabei war er auf der Überfahrt von der Türkei nach Griechenland ertrunken. Wie so viele. Jeden Tag.

Faisal hatte dieses Bild garantiert in jeder Sekunde unserer Flucht im Kopf. Unwillkürlich drückte ich den kleinen Ali auf meinem Arm ein wenig fester an mich. Dabei war das gar nicht nötig. Ali umklammerte mich nämlich so fest wie ein Affenbaby seine Mama. »Ich passe auf dich auf«, flüsterte ich ihm ins Ohr, woraufhin er mich tapfer anlächelte, obwohl er meine Worte vermutlich kaum verstanden hatte. Aber das Gefühl war bei ihm angekommen. Ich streichelte über seinen Kopf. Was für ein niedlicher Kerl! Ganz erstaunlich bei dem griesgrämigen Vater! Yara, Alis Mutter, die ein paar Schritte vor uns ging, lächelte mich dankbar an. Weil es mir ein wenig unangenehm war, dass sie die Situation beobachtet hatte, rief ich ihr zu: »Was gebt ihr Ali zu essen? Der ist ja so schwer wie ein Elefant.« Nun lachte Yara und lief weiter. Nur Faisal schaute noch einmal in meine Richtung und schüttelte genervt den Kopf. Ich kann ihn wirklich nicht leiden.

Aus der Ferne schallte das bedrohliche Grollen des Kriegs zu uns herüber. Später erfuhren wir, dass die Kämpfe nur sechs Stunden später auch die Stelle erreichten, an der wir die Grenze passiert hatten.

Glück gehabt!

Wortlos stapften wir zu einem kleinen roten Bus, der nur einen kurzen Fußmarsch hinter der Grenze auf unsere Gruppe wartete. Streckenweise hatte dieser Trip wirklich etwas von einer organisierten Rundreise: »Halten Sie sich bitte an die roten Busse, die blauen gehören zu einer anderen Reisegruppe ...« Tatsächlich standen hier mehr Busse als Taxis herum. Das Schleppergeschäft schien gut zu laufen! Als ich dem Fahrer die vereinbarten umgerechnet 800 Euro für die Weiterfahrt geben wollte, schüttelte er den Kopf. Er verlangte plötzlich das Doppelte! Natürlich hätte ich mit ihm verhandeln können. Ich hätte auch zu einem der anderen Busse gehen und dort nach dem Preis fragen können. Letztendlich entschied ich mich aber, einfach noch einmal in meine Tasche zu greifen und ihm den geforderten Betrag zu zahlen. Ich wollte bloß weg von hier. Faisal tat dasselbe. Ebenso wie alle anderen. Zwar meckerten einige. Aber letztendlich stiegen sie doch alle in diesen Bus. Dementsprechend breit grinste der Fahrer, als er Gas gab und in Richtung Nizib davonbrauste.

Sobald wir die Stadt erreichten, rief ich mit meinem Handy zu Hause an. »Ich hab's geschafft! Ich bin in der Türkei!«, jubelte ich in den Hörer. Walid lachte erst erleichtert auf, wurde dann aber schnell wieder ernst: »Die gefährlichste Strecke habt ihr noch vor euch! Passt gut auf euch auf!« Er meinte wohl die Mittelmeerüberquerung. Dabei war doch klar, dass ich erst einmal auf ihn und die anderen aus der Familie warten würde. Das hatten wir so vereinbart. Das Mittelmeer schreckte mich also noch nicht! »Ich kann doch schwimmen!«, tönte ich dementsprechend großspurig. Immerhin hatte Walid selbst es mir beigebracht. Allerdings im Euphrat. Ohne Wellen. Wo das nächste Ufer immer in Sichtnähe war. »Pass trotzdem auf dich auf«, erwiderte er bloß.

Da wir es uns leisten konnten, gingen Faisal, seine Familie und ich nicht in die große Flüchtlingsunterkunft, in der bereits etwa 10.000 Syrer in kahlen Containern untergekommen waren. Wir zogen ins Hotel. Für drei Tage. Anschließend fuhren wir mit dem Bus weiter nach Inegöl, wo ein Freund meines Bruders Ahmed lebte, der uns helfen wollte. Hier sollte ich auch auf meine Familie warten. Mein Cousin Faisal dagegen wollte schnellstmöglich weiter in Richtung Deutschland und stromerte jeden Tag durch die Stadt, um einen Schlepper zu finden, der eine möglichst sichere Weiterreise versprach. Ich konnte es kaum erwarten, ihn loszuwerden. Da Inegöl aber kein typischer Flüchtlingsort war, weil er auf keiner der üblichen Routen lag, gestaltete sich die Organisation seiner Weiterreise etwas schwieriger.

Ich freundete mich währenddessen mit dem Gedanken an, in der Türkei zu bleiben. Immerhin waren wir Syrer in diesem Land geduldet. Außerdem war es sicher. Arbeit gab es bestimmt auch. Das Essen schmeckte gar nicht so anders als bei uns. Und die Sprache würde ich sicher schnell lernen. Wenn es nach mir ginge, würde ich also gar nicht ausprobieren müssen, ob ich auch wirklich schwimmen konnte.

Damit wir bis zu Faisals Weiterreise und der Ankunft meiner Familie eine feste Bleibe hatten, mieteten wir eine kleine Wohnung am Rande der Stadt. Im Vergleich zu unserem Haus war sie wirklich winzig und wir würden ganz schön zusammenrücken müssen, wenn alle da wären. Aber das war mir egal. Darauf kommt es nicht an, dachte ich mir. Hauptsache, wir sind wieder zusammen!

Dementsprechend freute ich mich, als Walid anrief und sagte, dass er jetzt mit Samar aufbrechen würde. Einen Tag später sollten meine anderen Brüder folgen. Und ganz zum Schluss Mama und Raghad. Von nun an schaute ich pausenlos auf die Uhr. Ich war so aufgeregt, dass ich nichts mehr essen konnte. Weil ich das dringende Bedürfnis hatte, mich zu bewegen, lief ich durch die Straßen und besah mir die Geschäfte. Die Ladenbesitzer standen rauchend vor ihren Läden, Musik quoll aus dem Inneren, aus jedem Geschäft andere Klänge. Viele Frauen trugen moderne Kleidung, die in den Schaufenstern ausgestellt war. Ich holte tief Luft. Das war Freiheit! Und zum ersten Mal war ich richtig froh, dass wir Syrien hinter uns gelassen hatten. Und noch froher war ich, als am nächsten Tag erst Walid mit seiner Frau und dann Omran und Ahmed unversehrt in unserer Mietwohnung eintrafen.

Doch die Freude währte nur kurz. Ein paar Tage später erhielten wir die Nachricht, dass sie Mama und Raghad an der Grenze geschnappt und zurück nach Hause geschickt hatten. Walid machte sich deshalb Vorwürfe. »Vielleicht hätte doch lieber einer von euch mit ihnen reisen sollen?«, sagte er zu meinen Brüdern. »Wir hätten sie nicht alleine lassen dürfen!« Omran und Ahmed kommentierten das zwar nicht, aber sie dachten vermutlich dasselbe. Walid überlegte, in entgegengesetzter Richtung zu fliehen. Aus der Türkei zurück nach Syrien. Um seinen vermeintlichen Fehler wiedergutzumachen. Aber Omran redete ihm das aus. »Mama würde es sich nie verzeihen, wenn dir dabei etwas zustößt.« Und Ahmed meinte bloß scherzhaft: »Außerdem wirst du Schwierigkeiten haben, für diese Strecke einen Schlepper zu finden. Wer will schon nach Syrien flüchten?«

Aber keiner lachte darüber. Wir alle machten uns Sorgen. Zwei Frauen alleine ...

Walid telefonierte sich die Ohren heiß, um möglichst schnell einen neuen Schlepper ausfindig zu machen. Leider veränderte sich die Situation beinahe täglich. Die Route, die Faisal mit seiner Familie und mir genommen hatte, war beispielsweise inzwischen dicht. Dort wurde weiterhin gekämpft. Vermutlich waren wir eine der letzten Gruppen gewesen, die diesen komfortablen Gang hatten nutzen können. Aber es gab ja noch andere Möglichkeiten.

Bald fand Walid einen neuen Schlepper. Wieder wachten wir alle früh am Morgen mit Bauchgrummeln auf. Wieder beteten wir den ganzen Tag, dass alles gut gehen möge. Und wieder klingelte am Abend das Telefon: »Sie haben uns erwischt. Wir sind wieder in Rakka.« Unsere Angst wuchs. Mama und die siebenjährige Raghad alleine in der Hochburg des IS! Beinahe panisch klemmte sich Walid sofort wieder ans Telefon. Bat Freunde, Mama und Raghad zu helfen. Doch viele hatten inzwischen selbst die Stadt verlassen, weil die Situation immer unübersichtlicher und lebensgefährlicher wurde. Dann endlich: ein neuer Plan. Wieder musste Mama die 2.000 Euro zahlen, sich mit einem Bus irgendwo im Nirgendwo absetzen lassen und mit der müden Raghad durch irgendwelche Wälder kämpfen. Und wieder wurden sie erwischt!

Diesmal heulte Mama am Telefon. Sie war erschöpft. Von den anstrengenden Fluchtversuchen. Von der

Angst. Von ihrem Leben: Papa tot. Ein Sohn im Gefängnis – falls er überhaupt noch lebte –, die anderen Söhne unendlich weit weg. Unerreichbar. In der Türkei. Außerdem machte sie sich allmählich Sorgen ums Geld. Walid sprach ihr Mut zu. »Es ist noch genug da. Ihr kommt zu uns in die Türkei. Ganz bald. Und dann seid ihr in Sicherheit!« Und er organisierte einen neuen Schlepper …

Als wir am Abend zusammen beim Essen saßen, erzählte Faisal, dass er nun einen Mann gefunden hatte, der einen Schlepper in der Hafenstadt Izmir kannte, der Fahrten nach Griechenland organisierte. »Die sollen gute Boote haben!«, meinte er. Später am Abend setzte sich Walid im dunklen Zimmer zu mir auf die Matratze. Ich hatte schon geschlafen und überhaupt keine Lust zum Reden. »Abdullah, du wirst mit Faisal weiterreisen.« Schlagartig war ich hellwach. »Auf gar keinen Fall«, entgegnete ich spontan und umklammerte krampfhaft meine Bettdecke. Ich hatte weder Lust, wieder mit Faisal unterwegs zu sein, noch wollte ich meine Familie ein weiteres Mal verlassen. Schon gar nicht, solange Mama und Raghad nicht bei uns und in Sicherheit waren. »Ganz ehrlich, Abdullah, du hast in der Türkei keine Perspektive. Du kannst hier weder deinen Schulabschluss nachholen noch eine Ausbildung machen. Mit etwas Glück findest du einen Job als Verkäufer, mit dem du nicht einmal eine Familie ernähren könntest. Wenn du mit Faisal nach Deutschland gehst, stehen dir alle Möglichkeiten offen.« »Das mache ich nicht!«, wiederholte ich noch einmal, obwohl man dem Familienoberhaupt eigentlich nicht widersprach. Bei Papa hätte ich mich das nie getraut. Aber es war eben Walid. Mein Bruder. Der sich selbst noch nicht so richtig an seine neue Rolle gewöhnt hatte. »Abdullah, du wirst aufbrechen«, verkündete Walid und rappelte sich seufzend auf. Er schien in den vergangenen Wochen um hundert Jahre gealtert.

Ich lag die ganze Nacht hindurch wach. Keine Perspektive? Das war ein Argument, das ich auch mit meinen 16 Jahren verstand. Schließlich war ich mit dem ständigen Gerede über Perspektiven aufgewachsen. Es war meinen Eltern wichtig, dass ihre Söhne eine gute Ausbildung genossen. Deshalb wusste ich: Keine Perspektive war nicht gut. Also grübelte ich den ganzen folgenden Tag darüber nach, ob ich mich ernsthaft meinem Bruder widersetzen sollte. Wollte ich wirklich in der Türkei bleiben oder lieber nicht? Waren die Aussichten hier tatsächlich so schlecht für mich? Ich konnte mich nicht entscheiden, welcher Weg der richtige für mich war. Und sprechen konnte ich über das Thema auch mit niemandem. Zumal alle nur mit Mama und Raghad beschäftigt waren, die sich inzwischen bereits zum fünften (!) Mal auf den Weg gemacht hatten. Das gab es häufiger. Zumindest bei den Familien, die es sich leisten konnten. Da wurde ein Fluchtversuch nach dem anderen gestartet. Bis sie es geschafft hatten oder dabei ums Leben gekommen waren …

Leider hatten Mama und Raghad auch diesmal kein Glück. Sie wurden geschnappt und zurück nach Syrien geschickt. Aber immerhin hatten sie unser Haus in Rakka erneut unversehrt erreicht. »Vielleicht sollen wir hierbleiben«, jammerte Mama dieses Mal am Telefon und Walid musste sich alle Mühe geben, sie vom Gegenteil zu überzeugen: »Ihr KÖNNT nicht in Syrien bleiben.«

Mittlerweile hatten sich meine Brüder in Inegöl Jobs gesucht. Zwar hatten sie keine offizielle Arbeitserlaubnis – die bekamen wir Syrer nämlich nicht –, aber zumindest konnten sie wieder als Sanitäter und Schreiner arbeiten. Wie zu Hause. Sie bekamen dafür nur wenig Geld. Aber immerhin. Auch ich begann, mich nach einem Job umzuhören. Tatsächlich wurden in einigen Fabriken Leute gesucht, die für 200 Euro im Monat zehn Stunden pro Tag, sieben Tage die Woche, arbeiten sollten. Das war Wasser auf Walids Mühlen. »Ich sage ja: Du hast hier keine Perspektive!«, wiederholte er triumphierend. Dabei konnte er sich kaum das Grinsen verkneifen. Zumindest bis Mama am Abend anrief. Auch ihr letzter Fluchtversuch war gescheitert. Man hatte sie schon wieder an der Grenze aufgegriffen. Es war zum Heulen!

Zum selben Zeitpunkt bereitete Faisal seine Weiterreise vor. Er verlor mir gegenüber nie ein Wort darüber, dass ich ihn und seine Familie noch einmal begleiten dürfte. Aber Walid gegenüber hatte er anscheinend zugesagt. Vorausgesetzt, dass ich wieder den kleinen Ali trug. Aber das machte ich gerne. Ali war mein kleiner Sonnenschein. Da ich sonst nichts zu tun hatte, war er mein liebster Zeitvertreib. Täglich übte ich mit ihm Laufen oder Sprechen, warf ihn in die Luft, fing ihn wieder auf und drehte mich mit ihm im Kreis. Dabei jauchzte der kleine Kerl vor lauter Freude. Ich war erstaunt, wie unbeschwert und fröhlich ein Kind selbst in dieser angespannten Situation sein konnte. Als ich wieder einmal mit Ali spielte, gesellte sich Walid zu uns. »Na, hast du dich entschieden? Fabrik oder Deutschland?«, hakte er noch einmal nach. Seine Frage klang in meinen Ohren schon fast zynisch. Natürlich träumte ich nicht davon, den Rest meines Lebens für 200 Euro monatlich rund um die Uhr in einer Fabrik zu schuften. »Ich gehe nach Deutschland«, knurrte ich deshalb kaum hörbar. Walid hatte es trotzdem verstanden. Er strahlte mich an. »Du hast die beste Entscheidung getroffen. Dann kümmere ich mich jetzt darum, dass du mitreisen kannst.«

Die Flucht

Auf den griechischen Inseln Lesbos und Kos warten Tausende Migranten auf ihre Abreise Richtung Festland. Die Lage ist seit Wochen katastrophal, viele Flüchtlinge sind nicht ausreichend versorgt. Es fehlt an Unterkünften und Lebensmitteln für die Gestrandeten, von denen viele im Freien schlafen. Jetzt kam es zu Rangeleien und Schlägereien. Auf Lesbos setzte die Polizei am Morgen Blendgranaten ein, um rund tausend aus Afghanistan stammende Flüchtlinge daran zu hindern, mit Gewalt auf die Fähre »Blue Star 1« zu kommen, die nach Piräus auslaufen sollte.

dpa, 4. September 2015

Mittlerweile war auch die siebente Flucht meiner Mutter missglückt und meine eigene Abreise in Richtung Deutschland stand unmittelbar bevor. Ich fühlte mich schrecklich. Weil ich wusste, dass ich nun alleine – ohne meine Mutter, Raghad und meine Brüder – nach Deutschland aufbrechen würde, weil ich Angst davor hatte, was mich dort erwartete, in dem fremden Land, dessen Sprache ich nicht verstand, in einer Kultur, die so ganz anders war als meine. Hier in der Türkei war mir wenigstens in unserer Wohnung ein kleines bisschen syrische Heimat geblieben. Weil meine Familie da war. In Deutschland würde ich alleine sein. Außerdem graute mir vor der gefährlichen Reise. Und meine Mutter und meine Schwester waren auch noch immer nicht in Sicherheit. Unruhig lief ich in unserer Wohnung auf und ab. Ging auf die Straße. Lief dort auf und ab. Bloß nicht stehen bleiben! Laufen. Laufen. Laufen. Ich glaube, sonst hätten mich die düsteren Gedanken eingeholt und erdrückt. Oder ich wäre geplatzt. Nur nachts entkam ich ihnen nicht. Da lag ich dann stundenlang mit Herzrasen auf meiner Matratze. Manchmal zuckte meine rechte Hand, manchmal mein ganzer Körper. Einfach so. Vor lauter Stress und Anspannung.

Bald blieb nur noch ein Tag bis zu meiner Abreise. Faisal hatte für uns alle eine Busfahrt nach Izmir gebucht. Von dort aus sollte es mit dem Boot weiter nach Griechenland gehen. Ich stand gerade in der Küche und riss mir ein Stück türkisches Fladenbrot ab, als Walids Telefon klingelte. Er war gerade erst von der Arbeit nach Hause gekommen und hatte gleich hungrig die Küche angesteuert. Aufgeregt angelte er nach seinem Telefon. Ich hörte, obwohl ich mindestens einen Meter von ihm entfernt stand, meine Mutter rufen: »Wir haben es geschafft! Wir sind in der Türkei!« Sie konnte es wohl selbst kaum glauben. Nur wenig später fielen wir uns in unserer Wohnung heulend in die Arme.

Leider blieb uns nur exakt eine Stunde gemeinsame Zeit. Eine Stunde, in der wir uns eigentlich nur weinend in den Armen lagen. Noch nie hatte ich meine Mutter so aufgelöst gesehen. Glücklich, weil sie es endlich geschafft hatte, erschöpft, weil ihre Flucht wegen der vielen Fehlschläge so unglaublich kräftezehrend und aufreibend gewesen war, und gleichzeitig unendlich traurig. Für sie war es, als würde sie schon wieder einen Sohn verlieren. Als ich in die Türkei aufgebrochen bin, lag dieses Land so nah. Es war klar, dass wir uns alle hier wieder treffen würden. Aber Deutschland? Das lag gefühlt auf einem anderen Planeten.

Meine Mutter konnte mich gar nicht mehr loslassen. Auch nicht, als Faisal schon wieder mit einem genervten Gesichtsausdruck an der offenen Wohnungstür stand und mich ungeduldig – mit meiner Mutter und Raghad im Schlepptau – hinausbugsierte. Draußen wartete bereits das Taxi. »Ich hole dich nach!«, rief ich meiner Mutter noch zu. »Dich und Raghad.« Dann schloss Faisal die Tür hinter mir und nahm selbst vorne auf dem Beifahrersitz Platz. Das Letzte, was ich von Mama sah, war ihr tränenüberströmtes Gesicht, bis das Taxi um eine Ecke bog und ich alleine nach Deutschland aufbrach. Alleine mit Faisal. Aber mein Cousin war eigentlich nur physisch anwesend, sonst empfand ich ihn nicht als Unterstützung. Wenn er Essen kaufte, dann nur für sich und seine Familie. Ich wunderte mich, welches untypische Verständnis er von Familie zu haben schien. Oder er konnte mich tatsächlich so wenig leiden. Keine Ahnung. Doch sosehr ich mich über ihn ärgerte, so froh war ich insgeheim doch, mit ihm und nicht wirklich ganz alleine reisen zu müssen. So machte er beispielsweise in Izmir ganz schnell einen Markt ausfindig, der speziell auf die Bedürfnisse von Flüchtlingen zugeschnitten war. Ein riesiger Platz, auf dem es unzählige Stände gab, an denen nichts anderes verkauft wurde als Fluchtzubehör: Schwimmwesten in allen Farben und Größen, Reisepässe sämtlicher Länder, alte Lkw-Reifen, die als Schwimmreifen taugten, wasserfeste Hüllen für Dokumente, abgepackte Nahrungsmittel für die Weiterreise, Handys, griechische und türkische Telefonkarten, neue Kleidung und Schuhe ... Eben alles, was man für eine Weiterreise brauchen könnte. Ich hatte mir für den Markt ein bisschen Kleingeld in die Jackentasche gesteckt. Die dicken Scheine lagen ganz unten in meinem Rucksack, damit niemand sah, wie viel Geld ich mit mir herumschleppte – schließlich hielt sich das Gerücht mit den ausgeraubten und ermordeten Flüchtlingen hartnäckig. Ich trat also an einen Stand, der genauso aussah wie die anderen hundert Stände auf diesem Markt, und griff nach einer wasserfesten Hülle für meine Papiere. Der Händler nannte mir einen Preis, der eigentlich eine Unverschämtheit war. Umgerechnet fünf Euro für so ein simples Plastikteil! Ich fing sofort an zu handeln. »Zwei Euro.« Der Händler drehte sich wortlos um und ließ mich einfach stehen. Aha! Handeln war hier also nicht so angesagt! Offenbar gab es auf diesem Markt feste Preise. Weil ich aber auch noch einen riesigen Schwimmreifen kaufte, gab mir der Händler schließlich doch einen kleinen Rabatt. Schwer bepackt machte ich mich zu dem Platz auf, an dem Faisal und ich uns wieder treffen wollten. Dabei rempelte ich permanent gegen andere Menschen. Mein Schwimmreifen, ein ausrangierter Lkw-Reifen, war so groß, dass er sich beinahe wie ein eigenes kleines Miniboot anfühlte. Faisal musste sich ein Grinsen verkneifen, als er mich so sah. Er hatte für sich und seine Familie Schwimmwesten besorgt. Derart ausgestattet wollten wir aufbrechen – zu der gefürchteten Überfahrt von der Türkei nach Griechenland.

Unser neuer Schlepper hatte uns befohlen, uns im Gebüsch zu verstecken, bis er uns holen würde. »Menschen mit Schwimmwesten oder -reifen sind verdächtig und werden kontrolliert.« So seine einleuchtende Erklärung. Deshalb verbrachten wir den ganzen Tag hinter einem riesigen Busch. Nur wir, sonst niemand. Aber vermutlich hockten andere syrische Familien hinter anderen Büschen – quer durch die Stadt verteilt. Der kleine Ali quengelte. Er hatte überhaupt keine Lust, sich nicht vom Fleck zu rühren – zumal er doch gerade Laufen gelernt hatte. Als es schließlich dunkel wurde, rief Faisal bei dem Schlepper an. »Heute war es zu gefährlich«, vertröstete der uns. »Morgen bringt euch der Bus zu dem Boot.«

Wir hatten also einen ganzen Tag völlig umsonst in einem Gebüsch verbracht. Nicht einmal zum Essen hatten wir uns herausgetraut. Geknickt und übel gelaunt machten wir uns auf den Weg zu unserem Hotel. In dem Wissen, dass wir auch den kommenden Tag wieder in dem Gebüsch verbringen würden. Aber immerhin: Diesmal hielt gegen 15 Uhr tatsächlich ein kleiner Transporter am Straßenrand. Vorsichtig spähten wir durch die Blätter. Der Fahrer winkte uns ungeduldig. »Yallah! Yallah!« Dafür, dass er uns am Vortag hier einfach hatte sitzen lassen, machte er jetzt ganz schön Stress. Und nun mussten wir diesem Kerl auch noch bündelweise Geld in die Hand drücken! Mit einem Affenzahn raste der Fahrer durch die Stadt, seine Hand lag dabei fast dauerhaft auf der Hupe, und kam schließlich an einem steinigen Weg zum Stehen. »Da lang!«, wies er uns in eine Richtung und brauste gleich wieder davon.

Wir stolperten also los, hinunter zum Meer, das dunkel, eher grau als blau, vor uns lag. Mir blieb schon bei dem Anblick beinahe die Luft weg. Dieses Meer war riesig. Scheinbar endlos. Am Horizont entdeckten wir einen gelben Punkt, der in unsere Richtung steuerte. Dieser Punkt entpuppte sich bald als großes gelbes Schlauchboot, das langsam auf den Strand zufuhr. Das musste es sein. Ganz eindeutig. Mit diesem Gummiboot würden wir nun einmal quer übers Mittelmeer schaukeln. Ich staunte, wie klein es war. Zwar hatten bestimmt 30 Flüchtlinge darin Platz, aber wenn ich mich hier so umsah, warteten deutlich mehr.

Beim Einsteigen drückte Faisal fachmännisch auf den Plastikrand, als ob er damit irgendetwas prüfen könnte. »Topzustand«, ließ er uns dann auch noch wissen, woraufhin ich innerlich schon wieder den Kopf schüttelte über diesen Wichtigtuer. Er hatte doch überhaupt keine Ahnung von Schlauchbooten! Er war Elektroingenieur!

Die Schlepper scheuchten sämtliche Flüchtlinge vom Strand in das Boot. Völlig willkürlich erkoren sie einen älteren Mann als Steuermann und zeigten ihm, wie man das Boot lenkte. Er wirkte überrumpelt, wagte aber nicht zu widersprechen. Sie bläuten ihm ein, sich vor der türkischen Polizei in Acht zu nehmen. »Die sperren euch sofort ins Gefängnis. Ohne Diskussion!«, drohten die Männer. Wobei ich mich fragte, wie sich unser Steuermann in Acht nehmen sollte. Das war doch reine Glückssache, ob Polizisten unseren Weg kreuzten oder nicht! Unser lahmer Kahn war definitiv nicht für irgendwelche wilden Verfolgungsjagden geeignet. Entweder sie bemerkten uns oder eben nicht ... Wobei mir die Aussicht auf ein türkisches Gefängnis sehr viel angenehmer erschien als die Vorstellung, mit diesem Schlauchboot möglicherweise zu kentern. Dieses Meer war wirklich viel größer als unser Euphrat. Ich schaute zu Yara, die ebenfalls ein sorgenvolles Gesicht machte, dann aber ihr Baby fest an sich drückte und ins Boot stieg. Unwillkürlich musste ich an die vielen Menschen denken, die in diesem Wasser ihren Tod gefunden hatten. Der kleine Junge vom Strand. Und fast 3.000 andere. 3.000! Alleine in diesem Jahr! Was für eine unvorstellbar große Zahl!

Dieses Meer war ein Massengrab.

»Kommst du?« Faisal stand bereits im Boot und wartete sichtbar ungeduldig darauf, dass ich endlich zu ihnen kam. Ich zögerte. Er reichte mir seine Hand. Wir hatten verabredet, eng zusammenzubleiben. Klar. Ich sollte ja auch Ali halten. Also kletterte ich an Bord und setzte mich auf den feuchten hölzernen Boden direkt neben den dicken Gummirand. Das hatte den Vorteil, dass ich mich anlehnen konnte und deshalb nur von einer Seite gequetscht wurde. Hatte aber den Nachteil, dass ich ziemlich nass werden würde und dem Wasser insgesamt doch näher kam, als mir angenehm war. Ich umklammerte Ali und meinen Lkw-Reifen. Hoffentlich ging alles gut!

Als sie uns aufs Meer schoben, schloss ich die Augen. Hoffentlich! Hoffentlich! Hoffentlich!

Begleitet vom gleichmäßigen Brummen des Motors glitt unser Boot durch die einbrechende Nacht. Das Meer war ruhig und nach ein paar Minuten musste ich zugeben: Es war gar nicht so schlimm wie befürchtet. Gerade wollte ich Faisal zurufen, dass die Überfahrt doch ganz harmlos sei, als die Leute im Boot plötzlich unruhig wurden. Irritiert schaute ich zu meinem Cousin, der, offenbar ebenso ahnungslos wie ich, seinen Kopf reckte, um mitzubekommen, was los war. Die Leute wurden immer nervöser. Dadurch veränderten sich auch die Bewegungen unseres Schlauchboots. Es begann zu schaukeln. Nicht bedrohlich. Aber doch deutlich spürbar. Einige Flüchtlinge standen auf, um besser sehen zu können. Und dann rief jemand aufgeregt: »Polizei! Polizei!«, und deutete hektisch auf ein paar helle Lichtpunkte, die er entdeckt hatte und die sich uns offenbar näherten. Ich erstarrte. Polizei? Oder türkische Soldaten? Nun wurde ich ebenfalls nervös.

Unruhig sah ich mich um und scannte unsere Umgebung. Völlig sinnlos. Denn einen Fluchtweg gab es hier eh nicht. Faisal erhob sich leicht, um sich ebenfalls ein Bild von der Lage zu machen, während ich mich atemlos an den Gummirand presste und vor mich hin betete: »Bitte keine Soldaten, bitte keine Polizisten.«

Währenddessen steuerte das fremde Boot direkt auf uns zu. Es war nur noch wenige Meter von uns entfernt, als plötzlich einer der Flüchtlinge schrie: »Das ist keine Polizei! Das ist ein anderes Boot.« Ein erleichtertes Raunen ging durch die Menge. Allerdings hielt sich unsere Erleichterung nur denkbar kurz. Denn kaum war das imposante Boot an uns vorbeigefahren, wurden wir von seinem Kielwasser wild durcheinandergewirbelt. Für einen kurzen Moment ging unser Schlauchboot so in die Senkrechte, dass ich direkt aufs Wasser schauen konnte. Ich wurde panisch. Ich hatte Angst, dass Ali mir aus dem Arm rutschen könnte. Hilflos stemmte ich meine Füße in den Boden und umklammerte den kleinen Ali mit beiden Händen. Leider entglitt mir dabei mein Schwimmreifen. Zunächst bemerkte ich das gar nicht. Ich war zu sehr damit beschäftigt, nicht selbst ins Meer zu stürzen. Erst als unser Schlauchboot sich allmählich wieder beruhigte, bemerkte ich den Verlust. Hektisch sah ich mich um. Mein Schwimmreifen! Er war weg. Definitiv. Die Wellen mussten ihn davongetragen haben. Einen kurzen Moment stieg erneut Panik in mir auf. Ohne Schwimmreifen würde ich ertrinken. Das war klar! Ich reckte den Hals und ging leicht auf die Knie, um zu schauen, wie weit das nächste Ufer noch entfernt war. Faisal zischte mich an: »Bist du verrückt? Setz dich!« Ich ließ mich wieder fallen. Unser Boot schaukelte nun ruhig auf und ab. Ali kuschelte sich in meinen Arm und schlief ein. Ich wünschte, ich hätte sein Vertrauen! Ergeben schloss ich die Augen und versuchte, mich wegzudenken. Auf die Straße vor unserem Haus in Rakka. Zu meinen Freunden. In die Sonne. In ein Leben vor dem Bürgerkrieg. Bis irgendwann der Motor ausgestellt und das Platschen von Wasser lauter wurde. Sofort kam Bewegung in die eng zusammengepferchte Menschenmenge. Stimmen riefen aufgeregt durcheinander. Verwirrt sah ich mich um. Und dann verstand ich endlich: Wir hatten unser Ziel erreicht. Wir hatten es über das Mittelmeer geschafft! Den gefährlichsten Teil unserer Flucht überstanden!

Auf wackeligen Beinen betraten wir den griechischen Boden. Einige Flüchtlinge weinten. Und auch ich schwankte zwischen Glück, Dankbarkeit, Erleichterung und tiefer Trauer. Noch einmal warf ich einen Blick zurück auf das Meer, das nun wie eine Mauer zwischen mir und meiner Familie stand. Irgendwie wurde mir erst in diesem Moment so richtig bewusst: Jetzt gibt es kein Zurück mehr. Ab jetzt war ich auf mich alleine gestellt. Ab sofort war ich offiziell ein UmF. Ein UmF, der über die Balkanroute erschöpft, aber unversehrt, mit durchgelatschten Nike-Turnschuhen, Deutschland erreicht hatte.

Seit fast einem Jahr in Deutschland

»Wir arbeiten hart, den Flüchtlingszustrom in unser Land zu begrenzen und zu verringern. Vorneweg die Bundeskanzlerin«, sagte der Bundesinnenminister de Maizière (CDU). Wieder und wieder verschärfen Union und SPD das Asylrecht. Mehr Länder werden zu sicheren Herkunftsstaaten erklärt, für Asylbewerber aus diesen Ländern wird ein Schnellverfahren eingeführt – und der Familiennachzug für diejenigen, die Schutz erhalten, wird eingeschränkt [...] Neben Verschärfungen verabschiedet der Bundestag auch Erleichterungen für diejenigen, die bleiben dürfen: Schnellerer Zugang zum Arbeitsmarkt, Sicherheit, dass derjenige, der eine Ausbildung beginnt, sie auch zu Ende machen kann, mehr Sprach- und Integrationskurse.«

MDR Aktuell, 10. Juli 2017

Tatsächlich hat sich Faisal von mir verabschiedet, als wir unser Erstaufnahmelager in Gießen erreicht hatten. Seitdem habe ich nichts mehr von ihm gehört. Und das ist nun immerhin zwei Jahre her. Egal. Ich melde mich ja auch nicht bei ihm. Mit meiner Familie in der Türkei halte ich dagegen weiterhin engen Kontakt. Wir telefonieren mehrmals pro Woche oder schicken uns WhatsApp-Nachrichten. Mama bitte ich neuerdings häufiger um Kochrezepte. Ich bin nämlich tatsächlich mit Max und Julia in eine WG gezogen. Unsere Betreuer aus dem Heim haben uns dabei unterstützt. Sie haben uns geholfen, eine passende Wohnung zu finden, sie einzurichten und alle notwendigen Anträge bei den Ämtern zu stellen.

Dann haben sie sich zurückgezogen. Julia, Max und ich müssen nun selbst zurechtkommen. Regeln aufstellen, Absprachen treffen, uns miteinander arrangieren. Natürlich streiten wir auch mal. Aber das ist ja wohl normal! Und es hat nichts mit unseren unterschiedlichen Kulturen zu tun. Ganz im Gegenteil. Wir lachen oft, wenn andere sich über unsere WG wundern. Wenn Julias Freundinnen zum Beispiel fragen: »Und geht das überhaupt? Mit einem ARABER?«

Natürlich geht es! Ich respektiere die Deutschen und ihre Art zu leben. Klar, ich würde mir nach wie vor ein wenig mehr Offenheit wünschen. Ein bisschen mehr Herzlichkeit. Einfach mal von einem Nachbarn auf einen süßen Pfefferminztee eingeladen zu werden. Aber ich bin zufrieden. Dankbar und zufrieden. Und vor allem fühle ich mich in meiner WG wohl. Sooft ich es schaffe, koche ich abends für meine Mitbewohner. Natürlich syrisch! Wenn ich diese leckere Mischung aus Minze, Kardamom, Zimt und Safran rieche, erinnert mich das ein wenig an zu Hause – auch wenn mein Essen längst nicht so gut schmeckt wie das meiner

Mama. Übrigens räumen wir danach alle gemeinsam auf.

Max und Julia sind meine kleine Ersatzfamilie geworden. An Ramadan warten sie sogar mit mir gemeinsam auf den Sonnenuntergang, damit wir dann spätabends zusammen essen können. Denn auch sie respektieren meine Kultur. Jeder geht ein Stück auf den anderen zu. So funktioniert es!

Bei wichtigen Fragen rufe ich weiterhin meinen Bruder Walid an. Wie neulich. Als es darum ging, wie ich nach meinem Realschulabschluss weitermachen soll. Ich habe ihn nämlich geschafft! Habe alle meine Ziele erreicht.

Ralf aus meiner Klasse konnte sich natürlich ein »Das haben sie dir doch geschenkt! Ihr werdet ja immer bevorzugt!« nicht verkneifen.

Aber was soll's? Ich weiß, was ich geleistet habe. Und nun stellt sich die Frage: Soll ich eine Ausbildung beginnen? Irgendwas im technischen Bereich? Oder soll ich doch lieber Abitur machen?

»Abitur!«, ruft mein Bruder sofort. Aber das war ja zu erwarten gewesen ...

Also mache ich jetzt mein Abitur. Oder genauer gesagt: meine Fachhochschulreife im Bereich Gesundheits- und Sozialwesen. Ich habe mich jetzt nämlich doch dazu entschieden, in die Fußstapfen meiner Brüder zu treten, und will Arzt werden. Neben meinem normalen Schulunterricht arbeite ich deshalb auch im Krankenhaus. Das ist Teil meiner Ausbildung. Und zu

Beginn war das gar nicht so leicht. Ich habe festgestellt, dass die Leute ein wenig ängstlich reagieren, wenn sie hören, dass ich Syrer bin. Deshalb habe ich beschlossen, gar nicht mehr zu sagen, woher ich komme. Weder bei der Arbeit noch privat, wenn ich neue Leute kennenlerne. Das macht mein Leben tatsächlich deutlich einfacher. Glücklicherweise sehe ich ja nicht besonders arabisch aus. Und auch mein Deutsch ist so gut, dass ich mit dieser Taktik ganz gut durchkomme.

Manchmal finde ich es aber schade, den Menschen nicht von mir und meiner Heimat erzählen zu können. Vor allem jetzt, wo der IS gerade aus Rakka vertrieben wurde. Den »Demokratischen Kräften Syriens«, einer Militärallianz, ist es mit Unterstützung der USA gelungen, die Stadt zu befreien. Als mein Bruder Ahmed davon gehört hat, hat er sich von der Türkei bis zu unserer alten Heimatstadt durchgekämpft, um zu schauen, wie es bei uns aussieht. Das war natürlich ziemlich gewagt und Walid hatte ihm dringend davon abgeraten. Aber Ahmed hatte es nicht mehr ausgehalten. Sein Heimweh war einfach zu übermächtig. Von unserer Familie fehlt ihm unser altes Zuhause am meisten. Er wollte unbedingt wissen, wie unsere Chancen auf eine baldige Rückkehr stehen. Per WhatsApp schickt er uns seitdem Videos von seiner Reise. Videos, die mich wirklich sprachlos machen. In unserer Straße stehen nur noch Ruinen. Alles ist wie tot. Unser Haus steht zwar noch, aber sämtliche Zimmer sind geplündert und verwüstet worden. Lediglich ein paar Möbel sind übrig geblieben.

Ich habe mein Bett gesehen, auf dem sich Unmengen Schutt türmten. Ich kann es kaum fassen, was sie unserem Zuhause angetan haben. Es macht mich traurig. Und manchmal wütend.

Ahmed hat sich vorgenommen, beim Aufbau unserer Stadt zu helfen. Aber er sagt selbst: Es wird Jahre dauern, bis dieser Ort wieder lebenswert ist. Auch nach unserem verschollenen Bruder Ali sucht er regelmäßig. Aber von ihm fehlt leider noch immer jede Spur.

Ich vermisse meine Familie. Jeden Tag.

Mein großer Traum ist es, sie möglichst bald in der Türkei zu besuchen. Leider gestaltet sich das mit dem Visum schwierig. Aber das werde ich schon noch schaffen.

Schließlich habe ich alles andere, was ich mir vorgenommen habe, auch erreicht.

Und dafür danke ich: Faisal, Christa, Max, Julia und allen anderen, die mir dabei geholfen haben, meinen Weg zu finden.

Vor allem aber danke ich meiner Familie. Ganz besonders meinem Vater. Ich werde ihn immer in meinem Herzen tragen.

Quellennachweise

Die Abdruckgenehmigungen für die Pressezitate erfolgten mit freundlicher Genehmigung der angegebenen Rechteinhaber.

S. 12: »Syrien erklärt Demonstranten den Krieg« von Markus Bickel, erschienen am: 24.03.2011 © Alle Rechte vorbehalten. Frankfurter Allgemeine Zeitung GmbH, Frankfurt. Zur Verfügung gestellt vom Frankfurter Allgemeine Archiv.

S. 41: Mit freundlicher Genehmigung der dpa.

Wir danken für die Genehmigung zum Abdruck der Texte. Sollten trotz intensiver Nachforschungen des Verlags Rechteinhaber nicht ermittelt worden sein, so bitten wir diese, sich mit dem Verlag in Verbindung zu setzen.

Timo F.

Neonazi

Timo war Neonazi. Obwohl er für die Ideologie nie etwas übrig hatte, landet er als Vierzehnjähriger in der rechten Szene: Er hört Neonazi-Musik und läuft auf Demonstrationen mit. Er liebt die öffentliche Rebellion und die Anerkennung, die er unter den Gleichgesinnten erfährt. Bald gewinnt er Kameraden für militärische Zeltlager, steigt zum Leiter einer rechten Ortsgruppe auf und wirbt voller Begeisterung Gleichaltrige an. Doch als er ins Visier des Staatsschutzes gerät, kommen ihm erste Zweifel: Ist das wirklich der Lebensweg, den er einschlagen will?

In Zusammenarbeit mit »AussteigerhilfeRechts« und »Nordverbund Ausstieg Rechts«.